雲淡風輕

自序

雲淡風輕

歲月像一條長河，不同年齡，經歷不同的階段，在不同的流域，看到不同的風景。

大河的源頭常常在眾山環抱的高處，雲煙繚繞，也許只是不起眼的涓涓細流，或一泓飛瀑，往往沒有人會想到，這樣的小水，有朝一日，可以流成遠方一條波濤洶湧的寬闊大河。

從新店溪上溯到北勢溪、青潭、鷺鷥潭，在我青少年時是常去露營的所在。青山綠水，雲嵐來去，沒有都市汙染，水潭清澈見底，潭底游魚石粒都歷歷可見。當時來往碧潭一帶，雖有吊橋，兩岸還常靠手搖舢舨渡船，船夫戴著斗笠，烈日下，風雨中，賺一點小錢，擺渡過客。

我的童年是在大龍峒長大的。大龍峒是基隆河匯入淡水河的地區。基隆河在東，淡水河在西，清晨往圓山方向走，黎明旭日，可以聽到動物園獅子老虎吼叫的回音。黃昏時，追著落日，過了覺修宮，就跑到淡水河邊。坐在河岸邊看落日，看颱風過後滾滾濁流，浪濤裡浮沉著死去的豬的屍體、冬瓜或女人的鞋子。

大龍峒、大稻埕一帶都是童年玩耍的領域，圓環的小吃，延平北路光鮮燦爛的金鋪，演日本電影的第一劇場，大橋頭戲院前擠滿閒雜人等，等著散戲前五分鐘看戲尾，橋頭蹲著初來台北打零工的新移民。

那是淡水河的中游地帶吧，在南端上游的萬華淤淺後，載運貨物的船隻便聚集在中游河岸這一帶，形成迪化街商鋪林立的繁榮。

一直到我二十五歲出國，我所有重要的記憶，都與這條河流的中游風景相關。當時沒有想到有一天會住到這條河流的河口八里，大河就要出海了。和基隆河會合之後，淡水河真有大河的氣勢了。浩浩蕩蕩，在觀音山和大屯山系之間蜿蜒徘徊，彷彿有許多徬徨不捨。但一旦過了關渡，這條大河似乎知道前面就是出海口了，一路筆直向北，決絕澎湃，對遙遠高山上的源頭也無留戀掛牽。

這就是我過中年後日日在窗口閱讀的風景吧。潮汐來去，日出日落，有時驚濤駭浪，風狂雨驟，有時風平浪靜，雲淡風輕。

雲淡風輕，像是說風景，當然也是心事。

以前有人要題詞，不知道寫什麼好，就常常用「來日方長」。「來日方長」很中性，歲月悠悠，有花開有花謝，沒有意圖一定是什麼樣的「來日」。我喜歡「方長」兩個字，像是漢朝人喜歡用的「未央」，真好，還沒到中央顛峰，所以還有時間不緊迫的餘裕。像在眾山間看到涓涓細流，來日方長，真心祝願它從此去流成一條大河。

有一段時間也喜歡寫「天長地久」，這是老子的句子，也使人領悟生命只是一瞬，然而「天長地久」，慢慢懂喜悅，也慢慢懂哀傷。

喜悅與哀傷過後，大概就是雲淡風輕吧。雲淡風輕好像是河口的風景，大河就要入海，一心告別，無有罣礙。

我喜歡莊子寫一條大河到了河口的故事，原來很自滿自大的大河，寬闊洶湧，覺得自己在世間無與倫比。但是有一天大河要出海了，它嚇了一跳，面前是這樣更寬廣更洶湧的海洋，無邊無際。

這是成語「望洋興嘆」的來源典故吧。驕傲自負的大河，望著面前的海洋，長長嘆了一口氣。莊子愛自然，在浩大無窮盡的自然中，可能領悟自己的存在多麼渺小吧。

我因此愛上了河口，可以在這個年紀，坐在窗口，眺望一條大河入海，知道他如何從涓涓細流一路而來，上游、中游，有淺灘、有激流，有荒涼、有繁華，有喜悅、有哀傷，一段一段，像東方的長卷繪畫。

天長地久
二〇一八 蔣勳

蔣勳〈天長地久〉（谷公館提供）

當生命可以前瞻，也可以回顧的時候，也許就懂了雲淡風輕的意思了吧。

東方有古老的記憶，歷史夠久，文明也就像一條長河，有各個不同階段的風景，很難只截取片段以偏概全。

宋元的長卷繪畫因此成為獨特的美學形式，近幾年的談詩詞，談繪畫，大概在思索東方美學的特殊意義，留白、長卷、水墨、跋尾，連續不斷的歷朝歷代的收藏印記。東方美學其實是生命的領悟，領悟能夠永續，才是來日方長，領悟能夠傳承，才是天長地久。東方美學是在漫長的歲月裡領悟了時間的意義，領悟了生命是一個圓，周而復始。

初搬來河口，還沒有關渡大橋，下班回家，坐一段火車，在竹圍下車，右岸許厝到八里張厝，有一小小渡船，每天便乘渡船過河回家。船夫搖槳話家常，船頭立著鷺鷥。河口風景氣象萬千，享受了好幾年，大橋一蓋，船渡就廢了。我的窗口緊臨河岸，可以聽潮聲，聽到潮水來了，奔騰如萬馬嘯叫，月圓大潮時節也可以聽到海河對話，騷動激昂，有時還是難以自抑。

但是河口住久了，靜下來時會聽到退潮的聲音，那是「汐」的聲音嗎？在沙岸隙縫軟泥間慢慢退去，那麼安靜，無聲無息。

然而我聽到了，彷彿是聽到生命退逝的聲音，這樣從容，這樣不驚擾。此時此刻，彷彿聽到大河心事，因此常常放下手中的書，走到窗口，靜聽汐止於水。

雲淡風輕，覺得該遺忘的都要遺忘，該放手的都要放手。

從小記憶力很好，沒有３Ｃ手機前，朋友電話號碼都在腦中。很自豪的記憶，現在卻很想遺忘。記憶是一種能力，遺忘會不會是另一種能力？

莊子哲學的「忘」，此刻我多麼嚮往了。

在許多朋友談論失智失憶的恐懼時，也許我竟渴望著一種失智和失憶的快樂。忘掉許多該忘掉的事，忘掉許多該忘掉的人。有一天，對面相見，不知道是曾經認識交往過的人，不再是朋友，不再是親人，人生路上，無情之遊，會不會是另一種解脫？

住在八里
三十年
從觀音山
這一岸
日日遠
眺對岸
大屯山
山体渾
厚磅礡
雲嵐變
減氣象
萬千
淡水河寬
闊浩蕩
潮汐來
去如馳

蔣勳〈淡水河〉（谷公館提供）

我的朋友，常常覺得哀傷，因為回到家，老年的父親母親失智失憶了，總是客氣有禮，含笑詢問：「這位先生要喝茶嗎？」不再認識兒子，不再認識自己最親的人了，許多朋友為此痛苦，但老人只是淡淡笑著，彬彬有禮。

痛苦的永遠是還有記憶的人嗎？

我竟嚮往那樣失智失憶的境界嗎？像一種留白，像聽著漲潮退潮，心中無有概念，無有悲喜。

東坡晚年流放途中常常寫四個字「多難畏人」或「多難畏事」。我沒有東坡多難，但也是害怕「人」害怕「事」。

「人多」「事多」都是牽掛糾纏，有罣礙纏縛，都難雲淡風輕。

在大河岸邊行走，知道這條大河其實不算大，沒有恆河寬闊包容生死，沒有黃河浩蕩滄桑看多少興亡，沒有尼羅河源遠流長，許多文明還沒開始，它已經早早過了帝國的繁華顛峰。

但這是我從上游到河口都走過的一條河，在接近失智失憶的喜悅時，走在陌生人間，含笑點頭招呼說好，或回首揮別，叮嚀珍重，嗔愛都無，雲淡風輕，記憶的都要一一遺忘，一一告別。

二〇一八年九月四日　即將白露

目次。

天地有大美

——文人・詩書畫・長卷

文人

中國傳統裡有一個特殊的詞彙——「文人」。

「文人」這個詞彙用西方語言來理解，並沒有很準確的翻譯。

我常常想：「文人」如何定義？

有人譯為「學者」，但是，「文人」並不只是「學者」。「學者」聽起來有點太古板嚴肅。「學者」案牘勞形，皓首窮經，注疏考證，引經據典。「文人」卻常常優遊於山水間，「漁樵於江渚之上」，必要時砍柴、打魚都可以幹，「侶魚蝦而友麋鹿」，似乎比「學者」更多一點隨性與自在，更多一點回到真實生活的悠閒吧。

也好像有人把「文人」譯為「知識分子」，「知識分子」也有點太嚴重緊張了，而且有點無趣，讓人想到總是板著臉的大學教授，批判東批判西，眼下沒有人懂他存在的「生命意義」，常常覺得時代欠他甚多。

「知識分子」未必懂「文人」，「文人」不會那麼自以為是，「文人」要的只是「江上之清風」、「山間之明月」。

「與誰同坐？明月、清風、我」——蘇州拙政園還有一個小小空間，叫做「與誰同坐軒」，很自負，也很孤獨。不懂清風明月，可以是「知識分子」，但是不會是「文人」。

確切地說，「文人」究竟如何定義？

與其「定義」，不如找幾個毋庸置疑的真實「文人」來實際觀察吧。

陶淵明是「文人」，王維是「文人」，蘇東坡是「文人」，從魏晉，通過唐，到宋代，他們讀書、寫詩、畫畫，但是或許更重要的是他們熱愛生活，優遊山水。

他們都做過官，但有所為，也有所不為。他們在朝從政，興利除弊，但事不可為，也可以拒絕政治，高唱：「歸去來兮，田園將蕪胡不歸？」天涯海角，他們總是心繫著故鄉那一方小小的田園。

他們愛讀書，或許手不釋卷，但也敢大膽說：「好讀書，不求甚解。」這是抄經摘史「博士」類的「知識分子」絕不敢說的吧。

他們不肯同流合汙，因此常常是政治上的失敗者，卻或許慶幸因此可以從汙雜人群喧囂中出走，走向山林，找回了自己。

「行到水窮處，坐看雲起時」，他們失意、落魄（坐牢），在小人的陷害裡

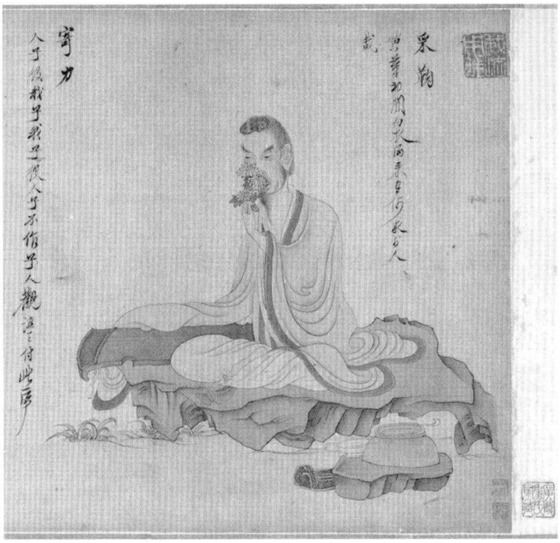

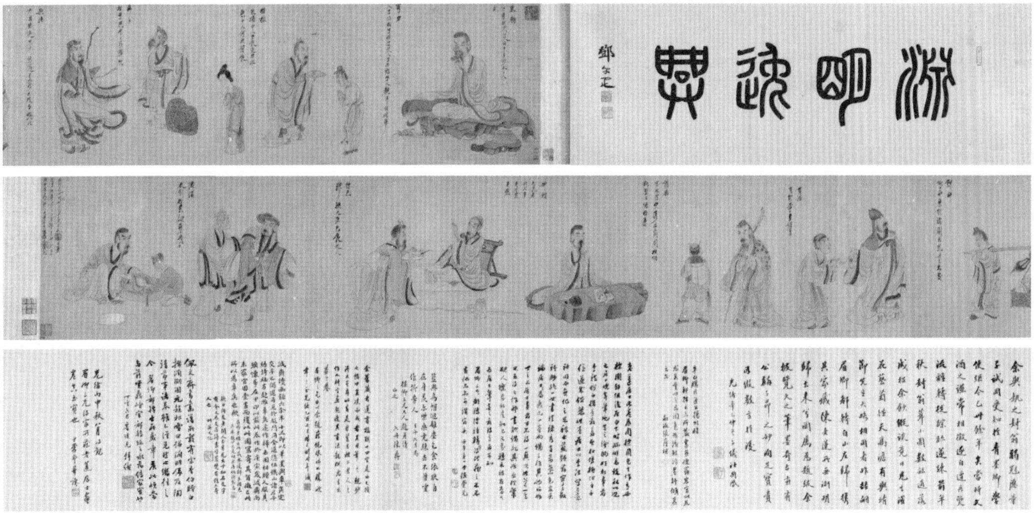

上｜陳洪綬「陶淵明撫琴」（采鞠）／下｜陳洪綬〈陶淵明歸去來圖〉（檀香山藝術博物館）

Chen Hongshou (Chinese, 1599-1652)

"Scenes from the Life of Tao Yuanming," c. 1650

ink and colors on silk

Purchase, 1954 (1912.1)

飽受凌辱壓迫，九死一生，如果還倖存，走到自然山水中，天地有大美，行走到了生命的窮絕之處，坐下來，靜靜看著一片一片升起的山間雲嵐。

這是「文人」，他們常常並不是瑣碎故弄玄虛的知識論辯，而是觀想「水窮」、「雲起」，懂得了放下。「水窮」、「雲起」都是文人的功課。

他們在生命孤絕之處，跟月光對話，跟最深最孤獨的自己對話：「我欲乘風歸去。」天地有大美，世界一定有美好光明可以回去的地方吧。

他們寫詩、畫畫，留下詩句、手帖、墨跡，但多半並不刻意而為。寫詩、畫畫，或者彈琴，可有可無，沒有想什麼「表演」、「傳世」的念頭。

陶淵明有一張素琴，無弦無徽，但他酒酣後常常撫琴自娛，他說：「但識琴中趣，何勞弦上聲。」天地有大美，聲音無所不在，風動竹篁，水流激濺，聽風聽雨，聽大地春天醒來的呼吸，不必勞動手指琴弦。

這是文人。學者、知識分子都難有此領悟，都難有此徹底的豁達。

「奉橘三百枚，霜未降，未可多得。」王羲之十二個字，稱為「手帖」，成為後世尊奉的墨寶，一千多年來書法學習者亦步亦趨，一次一次臨摹，上面大大小小都是帝王將相的傳世印記。然而「文人」之初，不過是一張隨手寫的字條，送三百個橘子，怕朋友不識貨，提醒是霜前所摘，如此而已。寥寥十二個字，像「指月」、「傳燈」，有「文人」心心相印的生命記憶。太過計較，亦步亦趨，可能愈走愈遠，落入匠氣，也難懂文人隨性創造的初衷吧。

「文人」的作品是什麼？從西方的藝術論述一板一眼，可能無法定位〈奉橘帖〉的價值。

文人作品常在可有可無之間，《世說新語》留下許多故事，都彷彿告訴後世，爛漫晉宋，其實是「人」的漂亮。看到〈快雪時晴〉，看到〈蘭亭集序〉，也只是想像當年戰亂歲月裡猶有人性的美麗委婉。流失到日本的〈喪亂帖〉，「喪亂之極」、「號慕摧絕」，是這樣祖墳都被荼毒的世代，可以寫一封信和朋友說自己的哭聲。

一切都不必當真，匠氣的臨摹者應該知道：所有傳世的王羲之手帖，原來也只是唐以後的摹本，並不是真跡。

這也是西方論述不能懂之處。但是，被西方殖民，失去論述主權超過一百年，二十一世紀了，期待一次東方文藝復興，此時此刻，我們自己可以懂嗎？

王維、蘇軾的詩還流傳，可靠的畫作多不傳了，但是歷來畫論都談及他們的巨大影響。王維的〈輞川圖〉不可靠，蘇軾的〈枯木竹石〉也不可靠，藝術史如何定位他們的影響？

王維詩「江流天地外，山色有無中」，詩中有了「留白」，也有了「墨」的若有若無的飄渺層次。

蘇軾讚美王維「詩中有畫，畫中有詩」，他必然還看到王維畫作吧，八個字，也不像西方長篇論述，點到為止，懂的人自然會懂，會心一笑，「誰把佛法掛唇皮」？

大江東去，歷史大浪淘沙，他們知道自己身在何處，可有，也可無。「作品」更只是「泥上偶然留指爪」，可有，也可無。

「泥上偶然留指爪，鴻飛那復計東西」，東坡走過頹壞的寺廟，在牆壁上看到自己往昔的題記墨書殘痕，斑剝漫漶，似有似無，他因此懂了生命與作品的關係吧？鴻雁已去，泥上指爪，沒有斤斤計較，也可以不在意。「文人」寫詩、畫畫，他們真正的作品或許不是畫，也或許不只是詩，而是他們活過的生命本身吧。

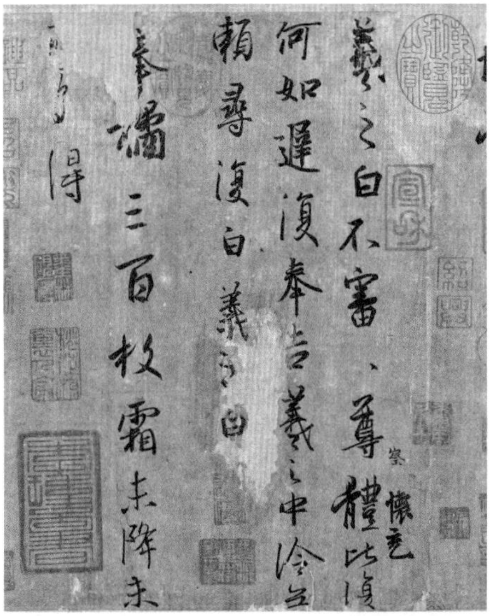

上｜王羲之〈奉橘帖〉／下｜王維〈輞川圖〉

陶淵明還在東邊的籬下採菊嗎？王維還在輞川與田夫依依話說家常嗎？至於是夜飲東坡三更半夜回家，還是在海南澄邁驛貪看白鷺忘了潮水上漲，懂了他的哈哈大笑，或許也就懂了一個民族「文人」的蒼涼與自負吧。

我寫詩，也畫畫，覺得好玩，有時大痛，有時狂喜，有時哭笑不得。哭、笑，只是自己一個人的事，與他人無關。沒有使命，也一點都不偉大。青年時在「責任」、「天下興亡」、「時代考驗」一大堆政治教條裡長大，後來寫詩、畫畫，好像也只想藉詩畫批駁對抗自己根深蒂固的迂腐可笑吧。

更多時間，走在山裡，看流泉飛瀑，聽千千萬萬葉與葉間的風聲，明月如水，覺得可以隨星辰流轉，看一個文明的繁華如此，繁華都在眼前，而我端坐，凝視一朵花，心無旁騖，彷佛見到前身。繁華或許盡成廢墟，看到一朵花墮落，不驚、不怖、不畏。

長卷

佳士得邀我在上海辦一次展覽，我想到「東方美學」。二十一世紀，東方可以重新認識自己數千年來傳承久遠的美學傳統嗎？

西方在文藝復興時期奠定了西方美學的基礎——透視法（perspective），找到單一視覺焦點，固定空間，固定時間，形成一個接近方形的畫框。

東方的視覺沒有被畫框限制住，文人優遊山水，時間和視點是延續的。

視點上下移動，形成「立軸」；視點左右移動，就是「長卷」。

「立軸」、「長卷」、「冊頁」、「扇面」，都是東方文人創造的美學空間，空間並不固定，不被「框」住，而是在時間裡慢慢一段一段展開。

東方傳統文人的詩畫形式被遺忘很久了。西方強勢美學形成的美術館、畫廊，都不是為文人的「軸」和「卷」設計的。「立軸」、「長卷」、「冊頁」、「扇面」都很難在現代西式的美術館或畫廊展出。

傳統文人多是邀一二好友，秋涼時節，茶餘酒後，在私密的書齋庭軒，「把

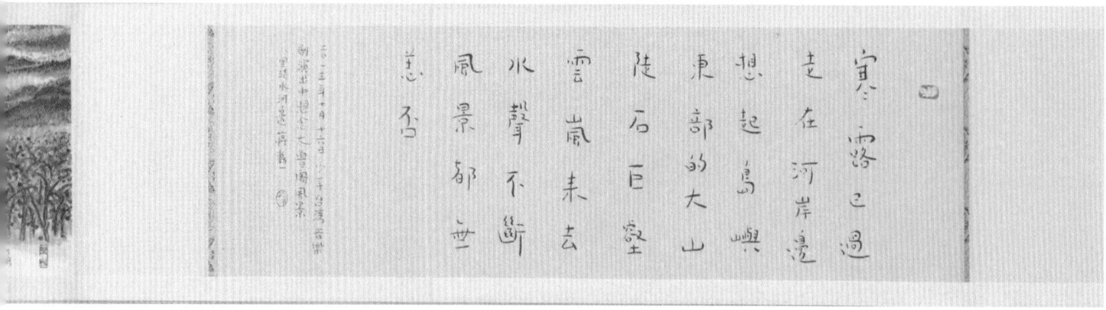

玩」手卷。「把玩」不會在美術館，也不會在畫廊。

「手卷」無法懸掛牆上，王希孟〈千里江山〉有十二公尺長，西方美術館也不會知道怎麼展出。把玩手卷是慢慢展開，右手是時間的過去，左手是時間的未來。一段一段展開，像電影，像創作者自己經歷的生命過程。時間是長卷主軸，與西方藝術中的定點透視大不相同。

一百年，東方輸了，全盤接受西方形式，忘了「長卷」、「冊頁」、「立軸」、「扇面」、「屏」、「障」這些傳統美學形式。

長卷的展開，如何看「題簽」，如何看「引首」，如何讀「隔水」上的題記、印記，如何進入「畫心」，還有「後隔水」、「跋尾」，那是一個時間的

29　蔣勳〈山川無恙〉（谷公館提供）

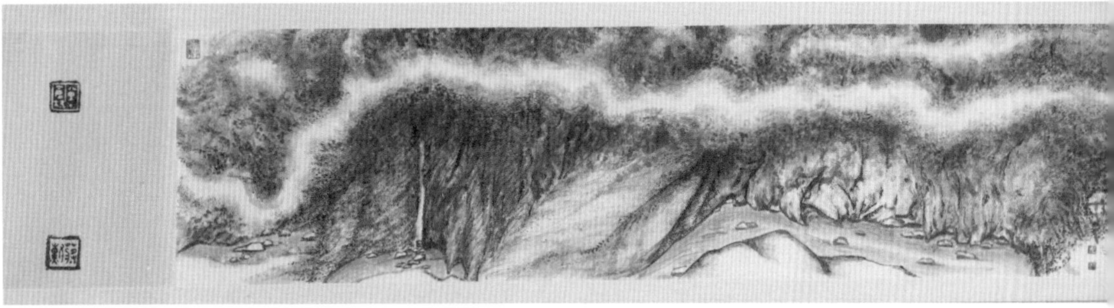

功課。

二十一世紀，如果東方美學將要崛起，也許要重頭做自己的功課了。

相信二十一世紀會是東方重新省視自己美學的時代，找到自己的視點，找回自己觀看的方式，找到自己生命在時間裡延續的意義，找到自己的「美術館」與自己的「畫廊」。

筆跡、墨痕，二十歲速寫的〈齊克果〉、〈卡繆〉已成殘片，四十歲畫的〈夢裡青春〉，到近年的〈縱谷之秋〉、〈山川無恙〉，經過嗔怒愛恨，走到池上，走到山水間，或許可以重頭學習傳統文人在時間裡的俯仰自得，看山花爛漫，一一隨風零落逝去，此身化塵化灰化青煙而去，彷彿長卷漸行漸遠的跋尾餘音裊裊。

熠耀輝煌

——王希孟十八歲的〈千里江山〉

二〇一七年初夏，為了講初唐張若虛的傑作〈春江花月夜〉，製作簡報檔時，想找一張古畫來為長詩配圖，很直覺就想到了北宋王希孟的山水長卷〈千里江山〉。

張若虛作品極少，他的〈春江花月夜〉卻被後人譽為「以孤篇壓倒全唐之作」。北宋王希孟在十八歲創作〈千里江山〉，高五十公分餘，長約十二公尺的大幅長卷，青綠閃爍，金彩輝煌，驚動一時領導畫壇美學的帝王宋徽宗。未多久，王希孟二十出頭就亡故了，美術史上也只留下傑出的一卷「孤篇」。

〈春江花月夜〉與〈千里江山〉，一詩一畫，一開啟大唐盛世，一終結北宋繁華，各以孤篇橫絕於世，彷彿歷史宿命，詩畫中也自有興亡吧。

〈千里江山〉半年間完成，宋徽宗把這件青年畫家嶄露頭角的作品賞賜寵臣蔡京，蔡京在卷末留下題跋，談到王希孟創作〈千里江山〉的始末。

政和三年閏四月八日賜，希孟年十八歲。昔在畫學為生徒，召入禁中文書庫。數以畫獻，未甚工。上知其性可教，遂誨諭之，親授其法。不踰半歲，乃以此圖進。上嘉之，因以賜臣。京謂：天下士在作之而已。

政和三年是西元一一一三年，王希孟十八歲。

畫〈千里江山〉以前，王希孟是國家畫院的學生，分配在「文書庫」工作，應該是以整理抄繕文件和臨摹古畫為主。

宋徽宗應該是世界第一位有收藏保存古代文物觀念的君王。他指示蔡京領導編撰《宣和書譜》、《宣和畫譜》，建立國家文物目錄，也領導「天水畫院」臨摹複製古代名作，現藏波士頓美術館的〈搗練圖〉、遼寧省博物

張萱〈虢國夫人遊春圖〉局部（宋摹）

館的〈虢國夫人遊春圖〉，都是當時留下的作品。宋徽宗可以說是建立國家美術館觀念的第一人，比大英博物館和羅浮宮早了近八百年。

宋徽宗不只重視典藏品鑑，他最終的目的是建立創作美學，因此自己親自指導「翰林圖畫院」，把藝術創作列為國家最高的「院士」等級。他最著名的措施是革新了畫院考試制度。原有招考職業畫工只是考技巧，放一隻孔雀，考生就臨摹一隻孔雀。宋徽宗深刻體悟真正的創作不是「臨摹」，石膏像畫得再像，也不是「創作」。宋徽宗大膽革命，他的「詩題取士」，用一句詩做考題，讓職業畫工除了錘鍊手的技術，更要提高到心靈品味的意境。

他出的詩題，如「深山何處鐘？」考驗聽覺，「踏花歸去馬蹄香」考驗嗅覺，「野渡無人舟自橫」考驗意境留白。他革新皇室畫院的制度，創造了歷史上空前的文化美學高峰。北京故宮張擇端的〈清明上河圖〉、王希孟的〈千里江山〉，都是宋徽宗時代的傑作，至今仍然是世界美術史的高峰。徽宗亡國了，備受歷史責難，但是他的美學疆域天長地久，無遠弗屆。

王希孟十八歲以前在文書庫，飽覽皇室禁中名作，學習做職業畫家，但創作還不夠成熟，幾次呈獻作品，都不夠完美。「未甚工」是技術還沒有到位。

但是宋徽宗卻看出他潛在的才分，「上知其性可教，遂誨諭之，親授其法」。「其性可教」，是有品味、有性情，蔡京的題跋透露，王希孟直接得到了宋徽宗的教誨。「誨諭之，親授其法」，這是帶在身邊的入室弟子了，隨時教導，談論作品好壞，傳授技法，也培養眼界，「美」與「術」交互作用，成就了一位青年畫家的胸襟、視野，和技法。

王希孟得到宋徽宗的親自教導，「不踰半歲，乃以此圖進，上嘉之」。半年時間，從初學的畫院「生徒」，脫穎而出，創作了讓宋徽宗嘉獎讚賞的〈千里江山〉長卷。

這一年，王希孟十八歲。何其幸運，創作者在對的年齡，活在對的時代，遇到了對的人。

群青石綠

我對〈千里江山〉最大的驚訝是色彩，在一一九一．五公分長的空間裡，群青濃豔富麗的靛藍和石綠碧玉般透潤溫柔的光交互輝映，熠耀輝煌，像寶石閃爍。是青金石，是孔雀石，貴重的礦石、次寶石，打碎，磨研成細粉，加了膠，在絹上一層一層敷染。寶石冷豔又內斂的光，華麗璀璨，好像畫著千里江山，又像是畫著自己短暫又華麗的青春。夕陽的餘光，山間明滅，透著赤金，江山裡且行且走，洋溢著十八歲青春應該有的自負，洋溢著十八歲青春應該有的孤獨，洋溢著十八歲青春應該有的美的無限耽溺與眷戀。我想到李白，想到他的「我歌月徘徊，我舞影零亂」，盛唐以後在文化裡慢慢消逝的青春的嚮往，又在王希孟的畫裡發出亮光。

文化是有機的，像人，有生、老、病、死。盛唐的詩，像氣力旺盛的少年，有用不完的高音，高音到極限還可以縱跳自如。盛唐的詩和書法，大氣開闊，沒有不能攀登的高峰。「黃金白璧買歌笑，一醉累月輕王侯」，盛世的美，可以這樣不屑世俗，直上雲霄的高峰。

宋的美學當然不是盛世，國力衰頹，生命力弱，酸腐瑣碎就多。宋徽宗累積一百年的安定繁華，彷彿知道末世就在面前，徽宗的「瘦金」閃爍銳利，鋒芒盡出，不含蓄，也不內斂，他彷彿要在毀滅前唱出「崑崙玉碎」的末世哀音，淒厲高亢，不同於盛唐繁華，但是「寧為玉碎」，政和宣和美學還是讓人驚動。

我用這樣的方式看王希孟十八歲的〈千里江山〉，揮霍青綠，像揮霍自己的青春，時代要毀壞，自己的肉身也即將逝去，十八歲，可以做什麼？可以留下什麼？用全部生命拚搏一戰，一千年後，讓歷史驚動。

被歸類於青綠山水，王希孟使用傳統的群青和石綠顏料，顯然有不同於前人的表現。

「青綠」的靛藍、石綠，這些礦物顏料，在北朝的敦煌壁畫裡可以看到，這樣的群青石綠，最初是仿效自然中的山色吧？

〈千里江山〉怎麼使用「青綠」？王希孟如何理解「青綠」？

青綠是傳統宮廷美學，對照隋朝展子虔的〈遊春圖〉、唐人〈明皇幸蜀圖〉，甚至北宋同時代王詵的〈瀛山圖〉，都可以看出王希孟對「青綠」的理解有所不同。

「青綠」在〈千里江山〉裡，不再是現實山色的模擬，「青」「綠」還原成創作者心理的色彩，像是王希孟青春的嚮往，這麼華貴，這麼繽紛，這麼熠耀發亮。「青」「綠」把絹絲的底色襯成一種金赤，又和墨色疊合，構成光的明滅變幻。濃豔的青綠閃爍，和淡淡的墨色若即若離，繁華即將逝去，是最後夕陽的餘光，要在逝去前吶喊嘯叫出生命的高亢之音。〈千里江山〉擺脫了傳統「青綠」的客觀性，使「青」「綠」成為畫面心裡的空間。

〈千里江山〉的「青」和「綠」堆疊得很厚，這也是它很少展出的原因吧。每一次展出，要展開要捲起，礦石粉都會脫落。台北故宮李唐的〈萬壑松風〉，細看原作就知道是「青綠」，許多人誤以為是水墨，因為年代久，收放次數多，青綠脫落，就露出底部墨色。

〈千里江山〉用這樣濃重的「青綠」寫青春的激情，已很不同於傳統青綠。

王希孟〈千里江山圖〉(局部)，使時間成為主軸，影響了後世長卷山水的美學

畫面中「青」「綠」厚薄變化極多，產生豐富的多樣層次，寶石藍貴氣凝定，一帶遠山和草茵被光照亮，溫暖柔和的「翠綠」，和水面深邃沉黯的「湖綠」顯然不同。

宋徽宗「上嘉之」的原因，或許不是因為青年畫家遵奉了「青綠」傳統，而是嘉許讚揚他背叛和創新了「青綠」的歷史吧？

王希孟的〈千里江山〉是政和宣和的獨特美學，華麗，耽溺，美的眷戀，至死不悔，和徽宗的「瘦金」和聲，美到極限，美到絕對，近於絕望，彷彿一聲飄在空氣中慢慢逝去的長長嘆息。

〈千里江山〉在美術史上被長期忽略，蔡京題跋之後，僅有元代溥光和尚推崇備至。宋元以後，山水美學追求「滄桑」，「滄桑」被理解為「老」，甚至「衰老」，使筆墨愈來愈走向荒疏枯澀，空靈寂靜，走到末流，無愛無恨，一味賣弄枯禪，已經毫無生命力。王希孟的重青綠是青春之歌，富貴濃鬱，明豔顧盼，像一曲青年的重金屬音樂，讓人耳目為之一亮。

時間若夢

長卷是中國特有的繪畫形式，也常稱為「手卷」。數十年前在台北故宮上課，莊嚴老師常常調出「長卷」，數百公分長，要學生「把玩」。四名研究生戰戰兢兢，慢慢把畫卷展開。體會「把玩」，知道是文人間私密的觀看，與在美術館擠在大眾中看畫不一樣。

十二公尺長的〈千里江山〉一眼看不完。想像拿在手中把玩，慢慢展開，右手是時間過去，左手是未來。「把玩」「長卷」是認識到自己和江山都在時間之中，時間在移動，一切都在逝去，有逝去的感傷，也有步步意外發現的驚訝喜悅。瀏覽〈千里江山〉，也是在閱讀生命的繁華若夢吧。

長卷是中國特有的美學形式，卻在今天被遺忘了，西方影響下的畫廊、美術館，作品必須掛在牆上。長卷無法掛，也不能全部拉開，十二公尺長，必須一點一點在手中「把玩」過去，在眼下瀏覽，且行且觀，可以停留，靠近駐足，看細如牛毛的亭台樓閣，點景人物，也可以退後，遠觀大山大河，平原森林，氣象萬千。可以向前看，也可以回溯，長卷的瀏覽，其

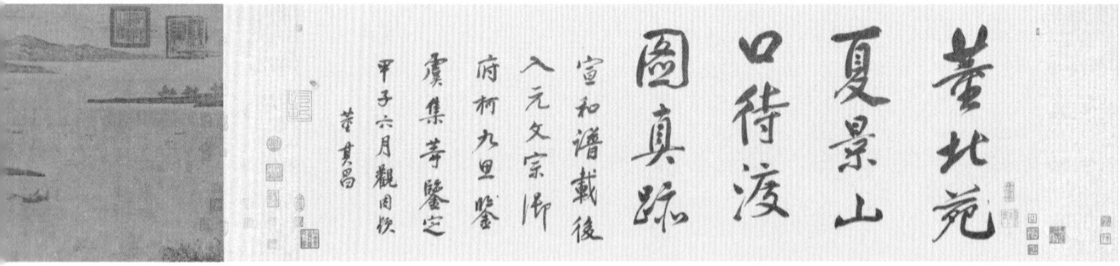
董北苑夏景山口待渡圖真跡
宣和譜載後入元文宗御府柯九思鑒虞集等鑒定
甲子六月觀因跋
董其昌

董源〈瀟湘圖卷〉(上，局部)和〈夏景山口待渡〉(下，局部)，合起來看，更像是長卷山水的萌芽

實更像電影的時間。美術館受了局限，很難展出長卷，長卷美學也慢慢被淡忘了。

中國的長卷最初是人物故事的敘述，像顧愷之〈洛神賦〉，像唐代的〈搗練圖〉、〈簪花仕女圖〉，五代顧閎中〈韓熙載夜宴圖〉也都還是人物敘事。

五代董源開啟了長卷的「山水」主題，他在遼寧省博物館的〈夏景山口待渡〉和北京故宮的〈瀟湘圖卷〉，如果合起來看，更像是長卷山水的萌芽。

董源在南方開啟的山水長卷在北宋還不是主流，一直要到宋徽宗時代，王詵、米友仁都嘗試了長卷山水，但長度大多不超過三公尺。王希孟在十二公尺長的空間創作〈千里江山〉，氣勢恢弘，山脈稜線起伏連綿不斷，江流婉轉悠長紆曲，十八歲的青年畫家意識到時間在山水中的流動，〈千里江山〉不只是空間的遼闊，也是時間的渺遠。王希孟正式使時間成為山水主軸，影響到南宋長卷山水如〈瀟湘臥遊〉、〈溪山清遠〉的出現，也直接給了元代〈富春山居〉美學時間上的啟示。

二〇一七年九月，〈千里江山〉要在北京故宮展出，期待有更多對這件重要作品的討論，特別是顏料，期待有更科學的化學分析告訴我們，那華麗的群青是青金石嗎？成分是鈉鈣鋁矽酸鹽嗎？有沒有氧化鈷或氧化錫的成分？我也很想知道那透潤的綠是「孔雀石」的礦粉嗎？成分是水合鹼式碳酸銅嗎？

整整一千年過去，宣和美學藏在畫卷裡，默默無言，十八歲的王希孟創作的歷史名作，像一千年前一場被遺忘的夢，走回去尋找，飛雨落花，彷彿還聽得到笑聲，看得到淚痕。〈千里江山〉，會有更多人站在畫的前面，領悟它的繁華，也領悟它的幻滅吧。

芒花與蒹葭

——不遙遠的歌聲

童年住台北近郊大龍峒，附近房舍外是大片田野水塘，可以一眼看到不遠淡水河基隆河的交會處，甚至再遠一點的觀音山，一到秋天，河岸沙洲連到山崗峰嶺，蒼蒼莽莽，起起伏伏，一片白花花的芒草風中翻飛一直連到天邊。

芒花大概是我最早迷戀的家鄉風景之一吧。那是在陳映真小說裡常出現的風景，也是侯孝賢電影裡常出現的風景，風景被敘述，被描繪，被詠嘆，成為許多人美學上的共同記憶。

童年時聽到的卻不是「芒花」，大人長輩們看著白茫茫一片芒花時，若有所思，常常會說：「蘆葦」開花了。久而久之，習以為常，很長一段時間我也跟著稱呼芒花為「蘆葦」。

長大以後被朋友糾正過：「那不是蘆葦，那是芒花……」並且告訴我，蘆葦在南方的島嶼是不容易見到的。

台灣民間常說「菅芒花」，也唱成了通俗流行的歌曲。菅芒，好像是一種極賤極卑微的植物，不用人照顧，耐風、耐旱、耐寒，一到秋天，荒野、山頭、乾涸的河床、廢棄的社區、無人煙的墓地，到處都飄飛怒生著白蒼蒼的菅芒。

台灣民間人們好像並不喜歡菅芒花，覺得它輕賤、荒涼吧？總是一些被遺棄或低賤的聯想，飛絮、蒼涼、無主飄零。鄧雨賢作曲的〈菅芒花〉也一樣是哀傷悲情的曲調。

我卻特別喜愛台灣秋天蒼茫一片開滿菅芒花的風景，覺得是不同於春天的另一種繁華繽紛，繁華卻沉靜，繽紛而又不喧譁炫耀。

「菅」這個字民間不常用，常常被人誤讀為「管」。

但是在大家熟悉的成語裡，還保留著「草菅人命」的用法。

「菅草」是這麼低卑的生命，長久以來，民間用它做掃帚，窮人用它遮蔽風雨，或者饑荒沒有東西吃的時候，啃食菅草根果腹充飢。菅草，這麼卑微輕賤的存在，這麼沒有價值，這麼容易被輕忽丟棄，像是路邊倒下去難堪到沒有人理會的餓殍，總是跟塵土垃圾混在一起，隨他人擺弄踐踏丟棄。如果，一個政權，如果，一個做官的人，如果，一個有權力的人，把人民的生命當成菅草一樣，隨意踐踏蹂躪，這就是「草菅人命」這個成語最初的記憶吧。

成語用習慣了，常常會沒有感覺，但是想到最初創造這成語的人，是不是看著眼前一群一群倒下的人，像看著一根一根被斬割刈殺踐踏的菅草，心裡忽然有畫面的聯想，菅草和人的生命就連在記憶裡成為上千年無奈荒涼傷痛的荒謬記憶。

把人的生命當成菅草一樣糟蹋，美麗的「菅芒」花開，卻隱隱讓人哀傷了。

彷彿聽得到芒花的濤聲

其實大部分的人在口語裡很少用到「菅芒」，通常還是很直接就稱作「芒草」，避開了那個有點讓人心痛的「菅」字。

蘆葦在北方的文學繪畫裡都常出現，早在兩千年前《詩經》裡的〈蒹葭〉，講的就是蘆葦。

「蒹」是蘆葦，「葭」也是蘆葦，是剛剛抽穗初生的蘆葦。所以是白露節氣的初秋，在迂曲婉轉的河流中，在蒼蒼萋萋白茫茫一片初初開穗的蘆葦蕩漾中，一葉扁舟，溯洄溯游，上上下下，尋找彷彿在又彷彿不在的伊人，唱出那麼美麗的歌聲。

一千年前五代時期畫院的學生趙幹，留在台北故宮有一件〈江行初雪〉長卷，也是畫江岸邊的蘆葦，用梗硬的墨線畫出挺立的莖幹，卷上飛灑點點白粉，彷彿是江邊初雪，也像是飛在寒涼空氣裡淒淒蒼蒼的蘆葦花吧。

小時候常常聽到長輩說「蘆葦」、「蘆花」，他們多是帶著北邊的故鄉記憶的。

慢慢糾正了自己，知道南方的島嶼不容易看到蘆葦，被誤認為「蘆葦」的，大多其實是「菅芒花」。

沙洲上芒花盛開

喜愛文學的朋友多會為滿山遍野的芒花著迷，也有人刻意在入秋以後相約去走貢寮到頭城的草嶺古道，這是清代以來人們用腳走出來的小徑，蜿蜒攀爬在萬山峰巒間，芒花開時，風吹草動，銀白閃亮，就可以看到遠遠近近、高高低低島嶼秋日最壯觀的菅芒風景了。

草嶺古道走到高處，遠遠山腳下已是阡陌縱橫蘭陽平原的廣闊田野，海風撲面而來，山稜線上怒生怒放的一叢一叢芒花翻滾飛舞，像一波一波銀白浪濤，洶湧而來，彷彿聽得到芒花的濤聲。

一首唱了兩千年的歌

芒花在島嶼文學裡常見，有趣的是「蘆葦」剛被糾正，改成「芒花」，又有人跳出來說：「那不是芒，是甜根子草。」

寫作的朋友一臉無辜委屈，回頭看自己的詩作，「芒花飛起」，塗改成「甜根子草飛起」，怎麼看也覺得不像詩了。

能夠經人提醒，把蘆葦修正成芒草，其實是開心的。生命本來是一個不斷修正的過程，知識浩瀚，覺得自己一定是對的，往往恰好錯失了很多修正的機會。

為了搞清楚菅芒、蘆葦、甜根子草的混淆，後來查閱了一些資料，像李瑞宗的博士論文，這個數十年來行走於島嶼各個古道的行路人，像他長年在陽明山國家公園面對大眾的疑惑，用淺顯親切的方式介紹說明了同為禾本科芒屬的菅草，和甘蔗屬的甜根子草。

李瑞宗的論述說明了幾種不同的「芒」，「五節芒」最令我吃驚，過去概念上很直覺誤解：「五節」是指草莖上的節，李瑞宗論文中卻說「五節」是五月節，也就是端午節。所以，這種芒草，在盛夏開，四月到七月開花，其實是與秋天的風景也無關了嗎？

一般人接觸的島嶼秋天芒花的風景，論文中稱為變種的「白背芒」、「台灣芒」。「白背芒」在低海拔，「台灣芒」在中海拔，另外還有一般人比較少接觸到的「高山芒」。

甜根子草，同樣是禾本科，卻是「甘蔗屬」，的確與「菅芒」不同。但是，甜根子草也有別名，有時叫「菅蓁」，也有時被稱為「濱芒」，彷彿是水邊河岸沙洲無邊無際的芒花飛起，用了很美的「濱芒」這一名字。我就急急想告訴寫詩的朋友，她的「芒花飛起」其實是可以不用改了。

所以至少有四種不同的「芒」，各有專業歸屬，但的確可以歸併在廣義的「芒」字下。

「菅」「蓁」「芒」「葦」「蘆」這些名稱，在長久的地方文化裡顯然也在混用，的確不容易辨別，俗用的方式也和絕對專業的分類有了距離。

文學與科學畢竟不同，我不知道為什麼「菅芒花」的「菅」，「草菅人命」的「菅」，正確讀音是「間」，而這個字，在閩南語、客語、粵語中的發音都更接近「管」，子音是「K」。好像連日文韓文裡也有這個字，訓讀的發音也近似「管」。

草菅人命也常常聽人誤讀為草「管」人命，民間口語自有它發展的故事，糾正就好。氣急敗壞，大肆敲鑼打鼓，動機就好像不在糾正，有點自我炫耀了。

秋天在日本常看到蘆葦，高野山的寺院一角，一叢蘆葦，高大如樹，莖幹很粗，挺拔勁健，映著秋日陽光，絮穗濃密結實，像黃金塑造，那種剛強不可摧折的雄健之美，其實和島嶼的芒花很不一樣。

在上海也看過和日本高野山所見很相似的「蘆葦」，塔狀圓錐型層疊的花穗，巨大完美，銀白發亮，真像金屬雕塑，我一個驚叫：「啊，蘆葦——」旁邊的朋友立刻糾正：「這是蒲葦。」

是啊，漢詩〈孔雀東南飛〉裡不是早就讀過「蒲葦韌如絲，磐石無轉移」嗎？原來蒲葦還真與蘆葦不同。

蘆、葦、蒲、竹、菅、芒，許多字，拆成單字，再去組合，像「蘆竹」、「蒲葦」，小小屬類的不同，卻都歸併在「禾本」科中。大眾間文學性的混用，和植物專業科學的分類又靠近又分離，又統一又矛盾，也許使這些禾本一家的植物產生了語言和文學上有趣的辯證歷史吧。

蒲葦

因此每讀《詩經》的〈蒹葭〉，都不由自主會想到同樣讀音的「菅」。《詩經》的注解裡都說「蒹」是蘆葦，是剛抽穗的蘆花，黃褐，灰白，在風裡搖動，河流兩岸，一片蒼蒼萋萋。

「菅」與「蒹」或有關或無關。來往於池上台北間，車窗外，縱谷的秋天，一路都是芒花相隨，浩瀚如海，無邊無際。

最近畫一件長二八〇公分、高一一〇公分的〈縱谷之秋〉，想記憶著秋天縱谷天上地下一片蒼蒼莽莽的白，記憶著芒花初開時新穗裡透出極明亮的銀紅，像鍛燒的銀器裡冷卻了還流動著一絲一絲火光的紅焰，映著島嶼秋天清明的陽光，閃閃爍爍，像一首唱了兩千年的歌。

我一次一次來往的縱谷，火車窗外是多麼奢侈的風景，銀亮的新紅，大概維持十天左右，金屬光的銀穗開始散成飛絮，白茫茫的，到處亂飄，在風裡搖擺、摧折、翻滾、飄零、飛揚、散落——那是島嶼的芒花，很卑微，很輕賤，彷彿沒有一點堅持，也絕不剛硬堅強，隨著四野的風吹走去天涯海角。它隨處生根，在最不能生長的地方怒放怒生，沒有一點猶疑，沒有一點自怨自艾。據說農人燒田燒山都燒不盡菅芒，它仍然是每一個秋天島嶼最浩大壯麗的風景。

讀過比較專業的論文，最終還是想丟掉論述，跟隨一名長年在古道上行走的旅人，在寒涼的季節，望著撲面而來的白花花的芒草，彷彿遠遠近近，都是「蒹葭蒼蒼，白露為霜」的美麗歌聲。

是蘆，是葦，是菅，是蒲，好像已經不重要了。在兩岸蒹葭蒼蒼或蒹葭萋萋的河之中流，彷彿看見，彷彿看不見，可以溯洄，可以溯游，迂曲蜿蜒，原來思念牽掛是這麼近也可以好遠，咫尺竟真的可以是天涯。

「葭」是蘆葦，也是樂器，讓我想到初民的蘆笛，學會了在中空的管上鑿孔，手指按著孔，讓肺腑的氣流在管中流動，悠揚出不同音階調性的旋律。

「宛在水中央」、「宛在水中坻」、「宛在水中沚」，歌唱的人其實沒有太多

蔣勳〈縱谷之秋〉(谷公館提供)

話要說，所以反反覆覆，只是改動一個字，在水中、在水岸、在沙洲，到處都是蒹葭蒼蒼萋萋，搖舟的人，重複唱了三次。好可惜，我們現在只能看到文字，聽不到悠揚的聲音了。

《詩經》是多麼莊嚴的「經典」，但我寧可回到〈蒹葭〉只是歌聲的時代，「詩」還沒有被文人尊奉為「經」，「詩」甚至還不是文字，還是人民用聲音口口相傳的「歌」，還可以吟唱，可以詠嘆，可以有愛恨，可以憂愁，也可以喜悅，是用蘆笛吹奏，是在河岸蘆葦叢中唱出的肺腑深處的聲音。

〈蒹葭〉裡重複三次「所謂伊人」，一個字都沒有更動，「就是那個人」，就是那如何也放不下的日思夜想的「所謂伊人」吧。

沒有「所謂伊人」，自然不會有歌聲。

常常會念著念著「蒹葭蒼蒼」，想像兩千多年前的歌聲，像今天在卑南許多部落裡還聽得到的歌聲，婉轉嘹亮，有那麼多的牽掛思念，讓一個秋天卑南溪兩岸溯洄溯游開滿了白蒼蒼的芒花。

〈蒹葭〉一定可以唱起來的，如果是鄧麗君，會用多麼甜美的嗓音輕柔地唱「宛在水中央」；如果是鳳飛飛，會用怎樣顫動的聲腔，唱出纏綿感傷的「溯洄從之，溯游從之」；如果是江蕙，會把「蒹葭萋萋，白露未晞」兩個閉口韻的「萋」與「晞」唱得多麼荒涼憂苦。

想在島嶼各個角落聽到更多好的歌聲，聽到更多可以流傳久遠的歌聲。

歌聲並不遙遠，可以傳唱的歌，可以感動廣大人民的歌，一定不會只是口舌上的玩弄吧。動人的歌聲，能夠一代一代傳承的歌聲，必然是肺腑深處的震動，像陽光，像長風幾萬里，像滋潤大地的雨露，傳唱在廣漠的原野上，傳唱在蜿蜒的河流上，傳唱在高山之巔、在大海之濱。數千年後會變成文字，會被尊奉為「經」，但是，我一直嚮往的只是那歌聲，兩千年前，或近在卑南部落，都只是美麗的歌聲，並不遙遠的歌聲。

莊子，你好

——逍遙遊

鯤——夢想變成鳥飛起來的大魚

讀《莊子》，沒有人不記得，在北方荒涼的大海裡那條孤獨的大魚。

莊子說：「北冥有魚，其名為鯤」。

莊子是善於說故事的人，他的故事是神話，是寓言，像今天的魔幻文學，充滿想像力，充滿好奇，充滿活潑的畫面。

幸好有莊子，一個民族的文化不會讓人沉悶無趣到昏昏欲睡。

青年的時候，厭煩了學校千篇一律的死板教科書，常常要偷偷翻開《莊子》。翻開第一頁，那一頁就說了一個簡單的故事：無邊無際的北方海洋裡，一條叫做「鯤」的大魚，不知道為什麼，不想做魚了。牠想化身成一隻鳥，牠想飛起來。

我那時理解的「北冥」或「北溟」就是「北方海洋」。現在讀，好像也還有當年文青的感動，我如果是一條魚，可以夢想成為一隻鳥嗎？在寒涼寂寞的北冥，天長地久，我可以夢想飛起來嗎？我可以夢想向南方明亮的陽光飛去嗎？

我感謝莊子，在那個苦悶孤寂的年代，藉著他的故事，我可以作夢，在荒涼孤寂的歲月，有了飛起來的狂妄夢想。

我童年住在台北孔廟附近，常到廟裡玩，但是害怕廟裡一排一排聖賢嚴肅陰沉的牌位。我常常想逃到莊子的故事裡，看大魚化身為鵬，看那條大魚的廣闊的背，莊子說「不知其幾千里也」。這麼廣大的魚的背脊，遠遠望去，像一座島嶼吧，像我在飛機上看到的我的島嶼，在太平洋的波濤中，像魚背一樣寬闊巨大。它，也有飛起來的夢想嗎？

島嶼有許多「鯤鯓」

我在島嶼旅行，有很多地名叫「鯤鯓」，讓我想起《莊子．逍遙遊》一開始談到的「鯤」。

據說，「鯤」是鯨魚。島嶼長長的，萬頃波濤，遠遠看，像一條魚伏在大海裡，露出突起的背部，因此古代有人就把島嶼叫做「鯤島」。一直到現在，島嶼的南部還有許多地名叫「鯤鯓」。「鯤鯓」太多，難以分辨，就排列出秩序。

光台南一地，就有七個鯤鯓。一鯤鯓就是現在安平所在的位置，二鯤鯓在億載金城，三鯤鯓在安平對岸，四鯤鯓又叫下鯤鯓。好像有許多巨大的鯨魚一一排開，從一排到了七。七鯤鯓，有人認為已經排到台南高雄交界的茄萣去了。鯤鯓太多，照例就有爭議，五、六、七，這幾個鯤鯓地位就都不確定。吵來吵去，也有人煩了，乾脆就用其他地名代替，不再沾「鯤鯓」的光了。

有的鯤鯓不用數字排行，我去過「南鯤鯓」，那裡有彩色華麗的王爺廟，上個世紀七〇年代，王爺廟前的一個乩童名叫洪通，成為著名畫家，登上國際新聞。

洪通不識字，沒有受任何正規教育，不受教科書拘束。他寫字畫畫，寫的字像道士畫的符，他的畫也自由、活潑，充滿色彩的生命力。

台南還有青鯤鯓，在台南將軍區。這裡還有用「鯤鯓」命名的國小，有用「鯤鯓」命名的警察局。最有趣的是，這個地區還有兩個里用「鯤」這個字命名，一個叫「鯤鯓里」，一個叫「鯤溟里」。「鯤」和「溟」都是《莊子．逍遙遊》一開始說到的。帶著《莊子》在島嶼旅行，讀〈逍遙遊〉，好像是神話，卻又一下子變成了現實世界。

在「鯤鯓」、「鯤溟」兩個里中間走一走，望著西邊大海波濤裡一個連一個的凸起沙洲，如灰青色魚背一般，浮游在波濤中，恍惚間，覺得莊子是

鯤

不是來過？在這些叫「鯤鵿」的地方寫他的〈逍遙遊〉，一開始就說：「北冥有魚，其名為鯤。」的確，「鯤」這條巨大無比的魚，是住在北溟。「北冥有魚」我一直理解成很荒漠寒冷的北極海洋。當然，考證癖的大學教授立刻會糾正你——「莊子不可能去過北極」。《莊子》不能考證，最好也不能讓大學教授注解，一考證一注解，《莊子》就死翹翹了。注解疏證太多，鯤會死在北溟，鯤無法變成鵬，鵬也飛不起來，鯤養在小魚缸裡，鵬囚禁在鳥籠中，翅翼張不開，牠們都只有供人玩賞餵食，奄奄一息。

還是應該到北溟去走走，沒有人類去過的北溟，沒有人類的足跡，遼闊空寂，一片白茫茫。無邊無際的冰雪，巨大茫昧，無始無終的白色海洋，沒有歲月，沒有生命的記憶，沒有誕生，也沒有死亡。

那條孤獨的魚，在波濤裡生存了多久？沒有記載，沒有人知道。那條魚的故事，不屬於歷史，歷史只是人類造作，人類的歷史時間太短，歷史之前是漫長的神話。

那條魚是神話時間裡的魚，鯤鵿，牠有了身體，憂傷的身體，牠在無始無終的時間裡冥想：能不能沒有這個身體？

好幾億年的這個身體，牠厭煩了，牠想離開這個身體，牠望著無邊無際的空白，牠想飛起來。牠想了好幾億年，牠鼓動鰓，牠嘗試搧動自己的鰭，牠的鰭鬣立了起來，高高的鰭鬣，像一座山，搧動、搧動。也許，好幾千萬年過去，好幾億年過去，牠的鰭，一段一段，在搧動的風裡慢慢變成了巨大的翅翼。鰭翅的軟骨演化成羽翼。牠努力振動鰭翅，在北溟的狂風裡呼嘯，牠搧動新演化成的翅翼，有一種狂喜吧。

「怒而飛」，莊子只用了三個字，講述魚飛起來的情景。「怒」是心事的激動吧。雲和冰雪的海濤翻湧起來，牠一振翅，就彷彿海嘯，滔天的冰雪譁然，天空彷彿被劈開來一片金色的光，那條魚飛了起來，變成了一隻翱翔空中的大鳥。「其翼若垂天之雲」，我每每看天空的雲發呆，想起剛剛飛起來的大鵬鳥。那些雲是牠搧動時落下的羽毛，天空留下長雲，牠要向南飛去了。

那是莊子說的第一個故事，一個叫做「逍遙」的故事。

莊子說：這故事不是他胡說的，是《齊諧》裡記載的，《齊諧》是什麼書？「志（誌）怪者也」，專門記錄怪事情的書，像《哈利波特》吧，或者像《魔戒》。莊子不喜歡一本正經，他喜歡這些奇怪的書，他引用的《齊諧》，像是一本魔幻的書，但是文字很美。

莊子引用了一段文字，《齊諧》描述鯤變化成鵬，鵬飛起來了，要往南方飛：「鵬之徙於南冥也，水擊三千里，摶扶搖而上者九萬里。」好美的文字，「三千里」、「九萬里」都只是無限大的想像，無限的空間、無限的時間、無限的速度。「扶搖直上」已經成為家喻戶曉的成語，依靠風、依靠空氣，扶扶搖搖，就可以飛起來。

我喜歡「摶」這個字，是一個動詞，揉麵、揉土是「摶」，鳥振翅在氣流裡的飛翔旋轉也是「摶」。「摶」像是內在生命能量慢慢生發的狀態，像一種氣的運動，像武功高手的蓄勢待發。

這樣飛起來的大鵬，一飛就飛了六個月。

兩千多年過去了，我們還是很難想像，一次長達六個月的飛行。

古老神話裡都夢想過飛，幻想過飛，嫦娥的飛，Icarus的飛，孤獨的飛，墜落毀滅的飛，夢想、幻想都被嘲笑過，然而人類真的飛起來了，可以愈飛愈久。仰望夜空，我們或許還可以夢想，穿過星空，會有一次長達六個月的飛行。

莊子一定相信，有一天夢想可以成真。

他說的「逍遙」是心靈的自由，是創造性的自由，不被客觀現實綑綁，不被成見拘束，你想從魚變鳥，你想飛，你就成就了「逍遙」。

「逍遙」就是：你可以是魚，你也可以是鳥。你可以是鯤，你也可以是鵬。你可以在水裡游，你也可以在空中飛。「逍遙」是領悟自己可以是你嚮往的自己，嚮往了幾億年，水中游動的鰭鬣會變成空中搧動的翅翼。

逍遙是徹底的心靈的自由。

看到羨慕的生活，我們說：好逍遙。我們一定知道「逍遙」的意思吧。

你相信嗎？莊子說的「鯤」的故事，是一個荒誕的神話，或者他在講述關於他觀察到的自然生態的演變進化？

我喜歡莊子的故事，天馬行空，雖然後世學者注解來注解去，把活生生一尾巨大的「鯤鮞」肢解虐殺到支離破碎。那一匹行空的天馬，加了皮革籠頭，黃金嚼子，繫上了錦繡鞍轡，釘上馬蹄鐵，為人所奴役驅使，早已奄奄一息，牠嘯叫狂嘶，到最後，連一點反抗掙扎的憤怒都沒有了，如何「逍遙」？我青年時讀《莊子》，常常無端想哭，坐在面對浩瀚汪洋大海的鯤鮞上，想起曾經有過的那巨大的「北冥」，無邊無際，想起北溟裡優游自在的鯤，岸上的人遠遠觀望，只是青黑色一線，忽起忽落，有像圓圓的頭，有時是厚厚的背脊，有時如山一般立起來，彷彿是牠張開的鰭鬣，真的像山一樣。岸上的人驚慌奔跑，因為太陽被遮蔽了，鰭鬣像大大的網，像幕幔，像垂天之雲，遮蔽了日光。

關於水窪裡的芥子

莊子很用心觀察自然。

他彷彿總是從人群中走出去，在天遼地闊的場域冥想宇宙。他觀察風，觀察空氣。絕對的孤獨，產生純粹的思辨。他說：獨與天地精神往來。莊子的「獨」是徹底絕對的孤獨。跟大風對話，跟空氣對話，跟塵埃對話，跟生物的氣息對話，他解脫了「人」的許多偏見，回到自然的原點，還原生命最初的本質。

我喜歡他觀察天的顏色，他用了「蒼蒼」兩個字。民歌裡有「天蒼蒼」，也有「蒹葭蒼蒼」，民間也用「白髮蒼蒼」。「蒼蒼」不像是視覺上的顏色。「蒼蒼」常常和「茫茫」用在一起——「天蒼蒼，野茫茫」，蒼蒼茫茫，不是確定的顏色，是視覺極限的渺茫浩瀚吧。正是莊子在〈逍遙遊〉裡說的「其遠而無所至極邪」，無窮無盡的「遠」，無法用人類距離測量的「遠」，眺望太空的蒼茫，不是顏色，其實是虛空無盡。

莊子給了一個文化思考「遠」的哲學，使後代的繪畫放棄了色彩模擬，用單一色系的墨不斷渲染，理解了更深層次上「蒼蒼」的意義。

他在孤獨裡如此看大，看遠，看近，也看小。細微短暫的生命，無窮無盡的生命，都在時間和空間裡存在著。

他在一間土坯屋子裡觀看地上小小凹下的水窪，他把一粒芥子放進水窪裡，看小小的芥菜種子，優游水上，像一艘船。他知道，如果放一個杯子在水窪裡，就要擱淺停滯了。

他像一名有耐心的物理學家，反覆實驗，反覆練習，大和小，遠和近，漂浮和沉滯，飛翔和降落——從小水窪負載的種子，到「九萬里則風斯在下」的大鵬鳥，他又回到可以一飛六個月不停息的飛行的夢。他說了物理的觀察：「風之積也不厚，則其負大翼也無力。」他在觀察飛行，觀察飛翔中羽翼和氣流的關係。

莊子留下許多自然科學的發人深省的智慧，把它限定在做人的「退讓」、

「周到」，是太鄉愿平庸的看法吧。

這個民族，要如何擺脫唯唯諾諾的做人，能真正走出去，孤獨地與自然對話，跟日月對話，跟天地對話，可以高高飛起來，「九萬里風斯在下」，飛到那樣雲霄高處，會不會多一點生命的奇險與驚嘆？

俞大綱老師在一九七六年送我一部《莊子》，是嚴復注解的。嚴復從英國學海洋軍事回中國，他看到歐洲強權「船堅炮利」背後，真正應該學習的，是向大自然挑戰的孤獨精神，他翻譯了《天演論》，也用《天演論》的觀點重新詮釋《莊子》，讓《莊子》擺脫上千年來「隱世」、「消極」哲學的誤解，發揚《莊子》觀察自然、探究自然的正面意義。

「背負青天」是那隻飛起來的大鵬鳥在九萬里高空御風而行的美麗畫面，像是莊子為人類早早勾畫了航向外太空雄心壯志的預言。

關於蜩，關於學鳩

〈逍遙遊〉裡有兩個小小的生物，「蜩」是一種蟬，比普通的蟬小，另一隻

上｜鳩／下｜蜩

小鳥，叫「學鳩」。牠們體型都很小，在地面上跳躍，在榆樹和枋樹間盤旋飛躍。有時候兩株樹距離遠一點，一次飛不到，就落在地上，再重新飛。

也許恰好天空高處有九萬里風斯在下的大鵬飛過，地面上那隻小小的蜩，那隻小小的鳥抬頭仰望，看到一飛六個月不停止的大鵬飛過，便笑了起來。蜩與學鳩的笑，歷來很不為人注意。不過是一隻蟬、一隻小鳥的見識吧。牠們哪裡會懂得大鵬鳥一飛六個月不停的志願呢？

《莊子》這一段是要用大鵬的偉大嘲諷蜩與學鳩的無知嗎？如果從自然生命的整體來觀看，每一種生命都有存在的意義，那也是《莊子》哲學的核心價值吧。

鯤、鵬，是巨大的生物；蜩與學鳩，是微小的生命。巨大與微小，是生命兩種不同現象，各有各的存在意義。蜩與學鳩可能無法了解鯤鵬，同樣地，在鯤鵬眼中，也可能看不見蜩，也看不見學鳩。莊子的哀傷，是生命與生命之間彼此不能了解的隔閡嗎？然而，一個文化長久以來羨慕著鯤鵬，男性偉大時代名字多用「鯤」、用「鵬」，卻很少看到「蜩」，也很少看到「鳩」。

我們是不是誤解了《莊子》？

我喜歡《莊子》夾雜著寓言和論述的文體。看了鯤鵬和蜩鳩的故事寓言，他開始論述了：到近郊走走，準備一日的餐食。

走一百里路以外，要準備隔天的糧食。走一千里路，就要準備三個月的糧食。

莊子很客觀，並沒有比較孰對孰錯。他只想論述一個事實。

他可能感慨「二蟲又何知」？感慨這兩個微小生命無法理解六個月的飛行，但是，或許不是嘲諷，而是提醒：「小知不及大知，小年不及大年。」我們大多時候是「小知」、「小年」，知識有限，時間有限，如果嘲笑蜩與學鳩，不就是在嘲笑自己嗎？

然後他說了非常美麗的故事：關於「朝菌」，關於「蟪蛄」，關於「冥靈」，關於「大椿」。

朝菌、蟪蛄、冥靈、大椿

莊子把我帶到陰暗水溝邊，或到雨後的樹陰處，看太陽初升時的微小朝菌。一種蕈菇吧，牠叫「朝菌」，因為早上誕生，很快就死亡了。「朝菌不知晦朔」，這樣短促幽微的生命，只有一個早上的生命，不知有晨昏，不知晦朔，沒有黎明與黃昏，沒有日升日落，沒有月圓月缺。我們知道的時間概念，日或月，對「朝菌」是不存在的。

莊子又把我帶到夏日的樹林，聽一樹蟬嘶，那樣嘹亮高亢。不多久，蟬的屍體就紛紛墜落地上。「蟪蛄」是蟬，是夏季的知了。「蟪蛄不知春秋」，如果生命只經歷一個夏天，就無法理解「春」、「秋」，無法理解四季。

我們的生命可以經歷無數晨昏，也可以理解數十寒暑。

右上｜朝菌／右下｜螻蛄／左上｜冥靈／左下｜大椿

我們因此應該悲憫「朝菌」、「蟪蛄」的渺小短促嗎？

莊子顯然只是布了一個陷阱，讓我們洋洋得意，慶幸自己不是「朝菌」，不是「蟪蛄」。莊子每每在人類得意洋洋的時候，突然把我們帶進無限的時間與空間，讓我們警悟自己的渺小卑微。我們其實是「朝菌」，是「蟪蛄」。生命匆匆，死亡就在面前。我們很難理解比我們生命更長久的時間，我們也很難理解比我們身體活動所能到達之外更大的空間。

我們活在限制之中，無法逍遙自在。

然而「冥靈」呢？「大椿」呢？

「冥靈」在南方的大海中，據說是大樹，也有人說是一種龜，使我想到四神獸裡的「玄武」。牠生命的時間如此漫長，五百年是一次春天，五百年是一次秋天。我們從「朝菌」、「蟪蛄」的哀憫轉過頭來，從冥靈回看，看到自己的渺小卑微。

「大椿」更難理解，它是「八千歲為春，八千歲為秋」。是什麼樣的植物呢？在日本看到許多被供奉的椿樹，大多也只有幾百年。然而莊子又進入神話領域，一個春天是八千年。難以理解的時間啊，像屈原〈天問〉一開始的浩嘆：「遂古之初，誰傳道之？」永遠沒有答案的發問，時間之初是什麼？時間之初以前是什麼？「冥靈」、「大椿」如同「朝菌」、「蟪蛄」，長與短促，並沒有差別，在無始無終的時間裡，都只是匆匆的夢幻泡影。

《莊子》在某一部分和《金剛經》探究的時空近似，也有相似的領悟。

看「朝菌」看「蟪蛄」，看「冥靈」看「大椿」，我們「渺滄海之一粟」，我們「羨長江之無窮」，或許只是自己無事生非的哭與笑吧。所以，飛六個月的大鵬，在蓬蒿之間跳躍的小鳥，都應該有自己的領悟吧。

「舉世而譽之而不加勸，舉世而非之而不加沮」，這是年輕時貼在自己案頭的勵志話，但至今也還做不好，世俗的「讚譽」、「非難」都還營營擾擾。對世俗的「讚」不動心，對世俗的「非」也不動心，那就是回來做真正的自己了吧。「定乎內外之分，辯乎榮辱之境」，聽不見外面的喧譁，專心跟內在的自己對話。

我還是在《莊子》的引領下看「偃鼠飲河」，看「鷦鷯巢於深林」。

小小的偃鼠，過河喝水，很得意，喝了一條大河的水，牠總是忘了：自己的肚腹只有那麼大。小小鷦鷯，住在廣大林中，也很得意，但也總是忘了：身體這麼小，怎麼住，也只在一細枝上。

我當然知道自己是「偃鼠」，肚腹就那麼大；我當然也知道自己如同「鷦鷯」，這身體如何占有，也只有「一枝」？有志飛向無窮無盡的時空，是要從認知自己的有限做起嗎？

「大瓠」和「大樹」

《莊子．逍遙遊》結尾說了兩個寓言，一個是「大瓠」，另一個是「大樹」。

常常會想起《莊子．逍遙遊》裡說到的「大瓠」的故事。嚴格說來，不是莊

大瓠

子說的，是他的朋友惠子說的。惠子很有趣，他和莊子常常從不同的角度看問題。惠子得到一顆大瓠的種子，國王送的，告訴他是很特別的種子。惠子拿回家種在土裡，等待種子發芽，長出藤蔓，開了花，結了果。那個時代，瓠瓜可以吃，也可以曬乾，剖成兩半，用中空的部分舀水，當水瓢用。

我記得童年的時候台灣也用這樣的水瓢，家家戶戶都有，放在水缸上。這樣的瓠瓜沒什麼稀奇，家中後院的瓠瓜長老了，剖開來，都可以做水瓢，也不用花錢買。但是，惠子得到的「大瓠之種」有什麼特別呢？惠子等待著，瓠瓜愈長愈大，大得像一艘船。

惠子開始煩惱了，瓠瓜應該做水瓢，但是長到這麼大，他估量一下，做了水瓢，大概可以盛裝五石的水。五石是五十斗，一石米大約是一百五十斤，五石水少說也是五百斤以上。惠子因此煩惱，容納五百斤的水，這水瓢要如何舉得起來。他又煩惱，瓠瓜並不堅硬，盛裝五百斤水，大概也要碎裂了。

惠子把煩惱告訴莊子，莊子哈哈大笑，他大概很愛這個頭腦單純的惠子。

莊子說：這大瓠瓜，不能做水瓢，何不拿來做一艘船舟，浮於江湖之上。

我讀《莊子》常常為自己悲哀，總覺得不知不覺會被多少現實生活裡「用」的概念綑綁住，無法自在逍遙，心靈真正的自由談何容易。

台灣農村還多瓠瓜，用來吃，乾老的內瓤可以用來洗澡，大瓠有一人高，常有人雕刻了做裝飾。朋友福裕替我拍攝了南部農家種的「大瓠瓜」，他說大約有七十公分高，不算最大的，那應該也到一個人的腰部了。

莊子看物，沒有成見，瓠瓜可以是容器，小水瓢是容器，一艘大船也是容器。莊子探究的常常是物理的本質，也是創造的原點。我們的教育多在是非選擇中繞圈圈，老師是惠子，學生也跟著做惠子。惠子太多，一個民族只好望著大瓠瓜煩惱。不知道教育部長是不是也常常看著大瓠發呆：這樣大瓠要拿來怎麼辦？

大樹

常常在想《莊子．逍遙遊》裡說到的那棵被稱「樗」的大樹，究竟是怎樣的一棵樹呢？主幹臃腫不直，歪歪扭扭，沒法用尺量，顯然不是「棟」「梁」之材，不能拿來做建築的梁柱。連小枝也蜷曲沒有規矩，大概連做個桌、椅、板凳也不行。這樣一棵樹，既不能蓋房子，也不能做家具，木匠看一眼，頭也不回就走了。

莊子的朋友惠子很為這棵樹嘆息吧，唉，這麼沒有用的一棵樹。

我讀書工作總是會遇到名字叫「國棟」、「國樑」的男子，他們被這樣命名，是父祖希望他們「有用」吧！他們不會叫「樗」，因「樗」是「無用」之材。聽完朋友的嘆息，莊子笑了，他或許偷笑：這棵樹幸好「無用」，若是有用，早就被砍伐去做「棟」、「梁」了，哪裡還會長到這麼大。

積極要「有用」，或許正是一個生命不能「逍遙」的原因吧。

莊子說，你有這樣的大樹，何必擔心它「無用」？莊子希望這棵樹長在「無

大

何有之鄉，廣漠之野」，可以在樹旁倚靠，可以寢臥在樹下，不必擔憂被斧斤砍伐，被拿去做「棟」、「梁」。

不為他人的價值限制，不被世俗的功利綑綁，莊子哲學的核心是「回來做自己」。

上千年來許多「棟」、「梁」，但是，「樗」太少見了，無用之用，不是只斤斤計較在人間樹立價值，也是超越人的世界，在自然宇宙的高度思考生命的終極意義吧！

莊子難，難在我們無法擺脫世俗價值，回來做真正的自己。

那棵大樹，讓我想到電影《阿凡達》裡的生命之樹。「無所可用，安所困苦哉？」沒有用，有什麼好煩惱？最近是有些煩惱，因為很多人說人工智慧將會滅絕人類。煩惱一陣子，看到一種說法，又高興起來。這說法是：人與人工智慧不同，因為人會犯錯。

我高興起來，因為許多聞名的創作發現的確跟「錯誤」有關，像鯀，這個可憐的治水者，他老被罵，因為到處蓋堤防，防堵水，最後失敗了。他的兒子禹才改用疏濬法，治好了洪水。鯀是失敗者，好像一無是處，是個「無用」之人。有一天在一本書裡讀到不一樣的結論，鯀不斷修堤防的建築工事，成為後來修築城牆的來源。

人類文明不斷從錯誤和無用中修正自己，一開始就設定目的，短視近利，是不是限制了創造力，反而沒有真正的創造可言？

我們期待著「人」與「人工智慧」繼續對話，像「鯤」與「鵬」的相互演化。莊子的逍遙是自由，也是寬容，對人的寬容，對物的寬容，對看待文明與自然態度的寬容吧。

坐看雲起與大江東去

我喜歡詩，喜歡讀詩、寫詩。

少年的時候，有詩句陪伴，好像可以一個人躲起來，在河邊、堤防上、樹林裡、一個小角落，不理會外面世界轟轟烈烈發生什麼事。少年的時候，也可以背包裡帶一冊詩，或者，即使沒有詩集，就是一本手抄筆記，有腦子裡可以背誦記憶的一些詩句，也足夠用，可以一路唸著，唱著，一個人獨自行走去了天涯海角。

有詩就夠了——年輕的時候常常這麼想。

有詩就夠了——行囊裡有詩、口中有詩、心裡面有詩，彷彿就可以四處流浪，跟自己說：「今宵酒醒何處——」，很狂放，也很寂寞。

少年的時候，相信可以在世界各處流浪，相信可以在任何陌生的地方醒來，大夢醒來，或是大哭醒來，滿天都是繁星，可以和一千年前流浪的詩人一樣，醒來時隨口唸了一句：今宵酒醒何處——

無論大夢或大哭，彷彿只要還能在詩句裡醒來，生命就有了意義。很奇怪的想法，但是想法不奇怪，很難喜歡詩。

在為鄙俗的事吵架的時候，大概是離詩最遠的時候。

少年時候，有過一些一起讀詩寫詩的朋友。現在也還記得名字，也還記得那些青澀的面容，笑得很靦腆，讀自己的詩或讀別人的詩，都有一點悸動，像是害羞，也像是狂妄。

日久想起那些青澀靦腆的聲音，後來都星散各地，也都無音訊，心裡有惆悵唏噓，不知道他們流浪途中，是否還會在大夢或大哭中醒來，還會又狂放又寂寞地跟自己說：今宵酒醒何處——

走到天涯海角，離得很遠，還記得彼此，或者對面相逢，近在咫尺，都走了樣，已經不認識彼此，是兩種生命不同的難堪嗎？

「縱使相逢應不識——」讀蘇軾這一句，我總覺得心中悲哀。不是容貌改變了，認不出來，或者，不再相認，因為歲月磨損，沒有了詩，相逢或許也只是難堪了。

曾經害怕過，老去衰頹，聲音瘖啞，失去了可以讀詩寫詩的靦腆佯狂。

前幾年路上偶遇大學詩社的朋友，很緊張，還會怯怯地低聲問一句：還寫詩嗎？

這幾年連「怯怯地」也沒有了，彷彿開始知道，問這句話，對自己或對方，多只是無謂的傷害。

所以，還能在這老去的歲月裡默默讓生命找回一點詩句的溫度或許是奢侈的吧？

生活這麼沉重辛酸，也許只有詩句像翅膀，可以讓生命飛翔起來。「天長路遠魂飛苦——」，為什麼杜甫夢到李白，用了這樣揪心的句子？

從小在詩的聲音裡長大，父親、母親，總是讓孩子讀詩背詩，連做錯事的懲罰，有時也是背一首詩，或抄寫一首詩。

街坊鄰居閒聊，常常出口無端就是一句詩：「虎死留皮人留名啊——」那人是街角撿字紙的阿伯，但常常「出口成章」，我以為是「字紙」撿多了也會有詩。

有些詩，是因為懲罰才記住了。在懲罰裡大聲朗讀：「明月出天山，蒼茫雲海間。長風幾萬里，吹度玉門關。——」詩句讓懲罰也不像懲罰了，朗讀是肺腑的聲音，無怨無恨，像天山明月，像長風幾萬里，那樣遼闊大氣，那樣澄澈光明。

有詩，就沒有了懲罰。蘇軾總是在政治的懲罰裡寫詩，愈懲罰，詩愈好。流放途中，詩是他的救贖。

「詩」會不會是千萬年來許多民族最古老最美麗的記憶？

希臘古老的語言在愛琴海的島嶼間隨波濤詠唱——《奧德賽》、《伊里亞德》，關於戰爭，關於星辰，關於美麗的人與美麗的愛情。

沿著恆河與印度河，一個古老民族邊傳唱著《摩訶婆羅達》、《羅摩衍那》，也是戰爭，也是愛情，無休無止的人世的喜悅與憂傷。

黃河長江的岸邊，男男女女，划著船，一遍一遍唱著：「蒹葭蒼蒼，白露為霜。所謂伊人，在水一方。溯洄從之，道阻且長，溯游從之，宛在水中央。——」

歌聲、語言、頓挫的節奏、呼應的和聲、反覆、重疊、迴旋，像長河的潮汐，像江流宛轉，像大海波濤，一代一代傳唱著民族最美麗的聲音。

《詩經》十五國風，是不是兩千多年前漢語地區風行的歌謠？唱著歡欣，也唱著哀傷，唱著夢想，也唱著幻滅。

他們唱著唱著，一代一代，在庶民百姓口中流傳風行，詠嘆著生命。

《詩經》從「詩」變成「經」是以後的事。「詩」是聲音的流傳，「經」是被書寫成了固定的文字。

我或許更喜歡「詩」，自由活潑，在活著的人口中流傳，是聲音，是節奏，是旋律，可以一面唱一面修正，還沒有被文字限制成固定死板的「經」。

〈大雅．綿〉講蓋房子：「捄之陾陾，度之薨薨，築之登登，削屢馮馮。」變成文字，簡直聱牙，經過兩千多年，就需要一堆學者告訴年輕人：「馮馮，聲音是憑憑。」

如果還是歌聲傳唱，這蓋房子的聲音就熱鬧極了，這四種聲音，在今天，當然就可以唱成「隆隆」、「轟轟」、「咚咚」、「碰碰」。「乒乒乓乓」，蓋房子真熱鬧，最後「百堵皆興」，一堵一堵牆立起來，要好好打大鼓來慶祝，所以「鼛鼓弗勝」。

「詩」有人的溫度，「經」剩下軀殼了。

文字只有五千年，語言比文字早很多。聲音也比文字更屬於庶民百姓，不識字，還是會找到最貼切活潑的聲音來記憶、傳達、頌揚，不勞文字多事。

島嶼東部原住民部落裡人人都歌聲美麗，漢字對他們框架少、壓力少，他們被文字汙染不深，因此歌聲美麗，沒有文字羈絆，他們的語言因此容易飛起來。

我常在卑南聽到最近似「陾陾」、「薨薨」的美麗聲音。他們的聲音有節奏，有旋律，可以悠揚婉轉，他們的語言還沒有被文字壓死。最近聽桑布伊唱歌，全無文字，真是「詠」、「嘆」。

害怕「經」被褻瀆，死抱著「經」的文字不放，學者，知識分子的《詩經》不再是「歌」，只有軀體，沒有溫度了。

可惜，「詩」的聲音死亡了，變成文字的「經」，像百囀的春鶯，割了喉管，努力展翅飛撲，還是痛到讓人惋嘆。

「惋」、「嘆」都是聲音吧，比文字要更貼近心跳和呼吸。有點像《詩經》、《楚辭》裡的「兮」，文字上全無趣味，我總要用惋嘆的聲音體會這可以拉得很長的「兮」，「兮」是音樂裡的詠嘆調。

從「詩」的十五國風，到漢「樂府」，都還是民間傳唱的歌謠。仍然是美麗的聲音的流傳，不屬於任何個人，大家一起唱，一起和聲，你一句、我一句、他一句，變成集體創作的美麗作品。

「青青河畔草，綿綿思遠道，遠道不可思，夙昔夢見之——」只有歌聲可以這樣樸素直白，是來自肺腑的聲音，有肺腑間的熱度，頭腦思維太不關痛癢，口舌也只有是非，出來的句子，不會是「詩」，不會這樣有熱烈的溫度。

我總覺得漢語詩是「語言」帶著「文字」飛翔，因此流暢華麗，始終沒有脫離肺腑之言的溫度。

小時候在廟口聽老人家用閩南語吟詩，真好聽，香港朋友用老粵語唱姜白石的〈長亭怨慢〉，也是好聽。

我不喜歡詩失去了「聲音」。

「漢字」從秦以後統一了，統一的漢字有一種霸氣，讓各地方並沒有統一的「漢語」自覺卑微。

然而我總覺得活潑自由的漢語在民間的底層活躍著，充滿生命力，常常試圖顛覆官方漢字因為裝腔作勢愈來愈死板的框框。

文化僵硬了，要死不死，語言就從民間出來，用歌聲清洗一次冰冷瀕臨死亡的文字，讓「白話」清洗「文言」。

唐詩在宋代蛻變出宋詞，宋詞蛻變出元曲，乃至近現代的「白話文運動」，大概都是借屍還魂，從庶民間的「口語」出來新的力量，創造新的文體。每一次文字瀕臨死亡，民間充滿生命活力的語言就成了救贖。

因此或許不需要擔心詩人寫什麼樣的詩，回到大街小巷、回到廟口、回到庶民百姓的語言中，也許就重新找得到文學復活的契機。

小時候在廟口長大，台北大龍峒的保安宮，廟會一來，可以聽到各種美麗的聲音，南管、北管、子弟戲、歌仔戲、客家山歌吟唱、相褒對唱、受日本影響的浪人歌謠、戰後移居台灣的山東大鼓、河南梆子、秦腔，乃至美國五〇年代的搖滾，都混雜成廟口的聲音，像是衝突，像是不協調，卻是一個時代驚人的和聲，在衝突不協調裡尋找彼此融合的可能性。

我總覺得：新的聲音美學在形成，像經過三百年魏晉南北朝的紛亂，胡漢各地的語言、各族的語言、印度的語言、波斯的語言、東南亞各地區的語言，彼此衝擊，從不協調到彼此融合，準備著大唐盛世的來臨，準備語言與文字達到完美顛峰的「唐詩」的完成。

應該珍惜，島嶼是聲音多麼豐富活潑的地方。

生活裡其實「詩」無所不在。家家戶戶門聯上都有「風調雨順」、「國泰民安」，那是《詩經》的聲音與節奏。

鄰居們見了面總問一句：「吃飯了嗎？」「吃飽了？」也讓我想到樂府詩裡動人的一句叮嚀：「努力加餐飯。」「上言：加餐飯。」生活裡、文學裡，「加餐飯」都一樣重要。

我習慣走出書房，走到百姓間，在生活裡聽詩的聲音。

小時候頑皮，一夥兒童去偷挖番薯，老農民發現，手持長竹竿追出來。他一路追一路罵，口乾舌燥。追到家裡，告了狀，父親板著臉，要頑童背一首唐詩懲罰，〈茅屋為秋風所破歌〉，讀到「南村群童欺我老無力——」忽然好像讀懂了杜甫，在此後的一生裡，記得人在生活裡的艱難，記得杜甫或窮老頭子，會為幾根茅草或幾顆地瓜「唇焦口燥」追罵頑童。

我們都曾經是杜甫詩裡欺負老阿伯的「南村群童」。在詩句中長大，知道有多少領悟和反省，懂得敬重一句詩，懂得在詩裡尊重生命。

唐詩語言和文字都太美了，忘了它其實如此貼近生活。走出書齋，走出教科書，在我們的生活中，唐詩無處不在，這才是唐詩恆久而普遍的巨大影響力吧。

唐詩語言完美：「停車暫借問，或恐是同鄉？」可以把口語問話入詩。

唐詩文字聲音無懈可擊：「無邊落木蕭蕭下，不盡長江滾滾來。」寫成對聯，文字結構和音韻平仄都如此平衡對稱，如同天成。

在一個春天走到江南，偶遇花神廟，讀到門楹上兩行長聯，真是美麗的句子——

風風雨雨，寒寒暖暖，處處尋尋覓覓。
鶯鶯燕燕，花花葉葉，卿卿暮暮朝朝。

那一對長聯，霎時讓我覺得驕傲，是在漢字與漢語的美麗中長大的驕傲，

周昉〈簪花仕女圖〉(局部)

只有漢字漢語可以創作這樣美麗工整的句子。平仄、對仗、格律，彷彿不只是技巧，而是一個民族傳下來可以進入「春天」可以進入「花神」的通關密語。

有「詩」，就有了美的鑰匙。

我們羨慕唐代的詩人，水到渠成，活在文字與語言無限完美的時代。

張若虛〈春江花月夜〉，傳說裡的「孤篇壓倒全唐之作」，是一個時代的序曲，這樣豪邁大氣，卻可以這樣委婉平和，使人知道「大」是如此包容，講春天、講江水、講花朵、講月光、講夜晚，格局好大，卻一無霸氣。盛世，是從這樣的謙遜內斂開始的吧，不懂謙遜內斂，盛世，沒有厚度，只是誇大張揚，裝腔作勢而已吧。

王維、李白、杜甫，結構成盛唐的基本核心價值，「佛」、「仙」、「聖」，古人用很精簡的三個字概括了他們美學的調性。

「行到水窮處，坐看雲起時」，王維是等在寺廟裡的一句籤，知道人世外還有天意，花自開自落，風雲自去自來，不勞煩惱牽掛。經過劫難，有一天走到廟裡，抽到一支籤——行到水窮處，坐看雲起時，那一定是上上籤吧。

「我歌月徘徊，我舞影零亂」，李白是漢語詩裡少有的青春閃爍，這樣華美，也這樣孤獨，這樣自我糾纏。年少時不瘋狂愛一次李白，簡直沒有年輕過。我愛李白的時刻總覺得要走到繁華鬧市讀他的〈將進酒〉，酒樓的喧鬧，奢華的一擲千金，他一直想在喧鬧中唱歌，「岑夫子，丹丘生——」我總覺得他叫著：「老張，老王——別鬧了」；「與君歌一曲，請君為我傾耳聽——」在繁華的時代，在冠蓋滿京華的城市，他是徹底的孤獨者，杜甫說對了：「冠蓋滿京華，斯人獨憔悴。」

不能徹底孤獨，不會懂李白。

「詩聖」完全懂李白做為「仙」的寂寞。然而杜甫是「詩聖」，「聖」必須要回到人間，要在最卑微的人世間完成自己。

戰亂、饑荒、流離失所，「朱門酒肉臭，路有凍死骨」，杜甫低頭看人世間的一切，看李白不屑一看的角落。「三吏」、「三別」，讓詩回到人間，書寫人間，聽人間各種哭聲。戰亂、饑荒、流離失所，我們也要經歷這些，才懂杜甫。杜詩常常等在我們生命的某個角落，在我們狂喜李白的青春過後，忽然懂得在人世苦難前低頭，懂得文學不只是自我趾高氣揚，也要這樣在種種生命苦難前低頭謙卑。

佛、仙、聖，組織成唐詩的顛峰，也組織成漢詩記憶的三種生命價值，在漫漫長途中，或佛，或仙，或聖，我們彷彿不是在讀詩，是一點一點找到自己內在的生命元素，王維、李白、杜甫，三種生命形式都在我們身體裡面，時而恬淡如雲，時而長嘯佯狂，時而沉重憂傷。唐詩，只讀一家，當然遺憾，唐詩只愛一家，也當然可惜。

《品味唐詩》與《感覺宋詞》，是近三十年前讀書會的錄音，講我自己很個人的詩詞閱讀樂趣。錄音流出，也有人整理成文字，很多未經校訂，舛誤雜亂，我讀起來也覺得陌生，好像不是自己說的。

悔之多年前成立有鹿文化，他一直希望重新整理出版我說「文學之美」的錄音，我拖延了好幾年，一方面還是不習慣語言變成文字，另一方面也覺得這些錄音太個人，讀書會談談可以，變成文字，還是有點覺得會有疏漏。

悔之一再敦促，也特別再度整理，請青年作家凌性傑、黃庭鈺兩位校正，兩位都在中學國文教學上有所關心，他們的意見是我重視的。這兩冊書裡選讀的作品多是台灣目前國文教科書的內容。如果今天台灣的青年讀這些詩、這些詞，除了用來考試升學，能不能讓他們有更大的自由，能真正品味這些唐詩宋詞之美？能不能讓他們除了考試、除了注解評論，還能有更深的對詩詞在美學上的人生感悟與反省？

也許，悔之有這些夢想，性傑、庭鈺也有這些夢想，許多國文教學的老師都有這樣的夢想，讓詩回到詩的本位，擺脫考試升學的壓力，可以是成長的孩子生命裡真正的「青春作伴」。

我在讀書會裡其實常常朗讀詩詞，我不覺得一定要注解，詩，最好的詮釋可不可能是自己朗讀的聲音？

因此我重讀了張若虛的〈春江花月夜〉，重讀了白居易的〈琵琶行〉，一句一句，讀到「江畔何人初見月？江月何年初照人？」讀到「同是天涯淪落人，相逢何必曾相識」，還是覺得動容，詩人可以這樣跟江水月亮說話，可以這樣跟一個過氣的歌妓說話，跟孤獨落魄的自己說話。這兩個句子，會需要注解嗎？

李商隱好像難懂一點，但是，我還是想讓自己的聲音環繞在他的句子中，「相見時難別亦難」，好多矛盾、好多遺憾、好多兩難，那是義山詩，那也是我們每一個人的生命景況，我們有一天長大了，要經過多少次「相見」與「告別」，終於會讀懂「相見時難別亦難」。不是文字難懂，是人生這樣難懂，生命艱難，有詩句陪著，可以慢慢走去，慢慢讀懂自己。

荷葉生時春恨生，荷葉枯時秋恨成。深知身在情常在，悵望江頭江水聲。

春秋來去，生枯變滅，我們有這些詩，可以在時間的長河邊，聽水聲悠悠。

要謝謝梁春美為唐詩宋詞的錄音費心，錄王維的時候我不滿意，幾次重錄，我跟春美說：「要空山的感覺——」，又加一句「最安靜的巴哈——」，自己也覺得語無倫次，但春美一定懂，這一片錄音交到聆聽者手中，希望帶著空山裡的雲嵐，帶著松風，帶著石上青苔的氣息，彈琴的人走了，所以月光更好，可以坐看一片一片 雲的升起。

但是要錄幾首我最喜愛的宋詞了——李煜的〈浪淘沙〉、〈虞美人〉、〈破陣子〉、〈相見歡〉，這些幾乎在兒童時就琅琅上口的詞句，當時完全無法體會什麼是「四十年來家國」，當時怎麼可能讀懂「夢裡不知身是客」？每到春分，窗外雨水潺潺，從睡夢中驚醒，一晌貪歡，不知道那個遙遠的南唐原來這麼熟悉。不知道那個「垂淚對宮娥」的贖罪者彷彿正是自己的前世因果。「倉皇辭廟」，在父母懷抱中離開故國，我也曾經有多麼大的驚惶與傷痛嗎？已經匆匆過了感嘆「四十年來家國」的痛了，在一晌貪歡的春雨飛花的南朝，不知道還能不能忘卻在人世間久客的哀傷肉身。

每一年春天，在雨聲中醒來，還是磨墨吮筆，寫著一次又一次的「夢裡不知身是客，一晌貪歡」，看渲染開來的水墨，宛若淚痕。我最早在青少年

汝窯青瓷蓮花式溫碗(國立故宮博物院藏)

時讀著讀著的南唐詞，竟彷彿是自己留在廟裡的一支籤，籤上詩句，斑剝漫漶，但我仍認得出那垂淚的筆跡。

亡一次國，有時只是為了讓一個時代讀懂幾句詩嗎？何等揮霍，何等慘烈，他輸了江山、輸了君王、輸了家國，然而下一個時代，許多人從到他的詩句裡學會了譜寫新的歌聲。

宋詞的關鍵在南唐，在亡了江山的這一位李後主身上。

南唐的「貪歡」和南唐的「夢裡不知身是客」都傳承在北宋初期的文人身上。晏殊、晏幾道、歐陽脩，他們的歌聲裡都有貪歡耽溺，也驚覺人生如夢，只是暫時的客居，貪歡只是一晌，短短夢醒，醒後猶醉，在鏡子裡凝視著方才的貪歡，連鏡中容顏也這樣陌生。「一場愁夢酒醒時」，「無可奈何花落去，似曾相識燕歸來」，在歲月裡多愁善感。晏幾道貪歡更甚，「記得小蘋初見」，連酒樓藝妓身上的「兩重心字羅衣」都清清楚楚，圖案、形狀、色彩，繡線的每一針每一線，他都記得。

南唐像一次夢魘，烙印在宋詞身上。「落花人獨立，微雨燕雙飛」，唐代寫不出的句子，在北宋的歌聲裡唱了出來。他們走不出邊塞，少了異族草原牧馬文化激盪。他們多在都市中、在尋常百姓巷弄、在庭院裡、在酒樓上，他們看花落去、看燕歸來，他們比唐代的詩人沒有野心，更多惆悵感傷，淚眼婆娑，跟歲月對話。他們惦記著「衣上酒痕」，惦記著「詩裡字」，都不是大事，無關家國，不成「仙」，也不成「聖」，學佛修行也常常自嘲不徹底，歌聲裡只是他們在歲月裡小小的哀樂記憶。

「白髮戴花君莫笑」，我喜歡老年歐陽脩的自我調侃，一個人做官還不失性情，沒有一點裝腔作勢。

范仲淹也一樣，負責國家沉重的軍務國防，可以寫〈漁家傲〉的「將軍白髮征夫淚」的蒼老悲壯，也可以寫下〈蘇幕遮〉中「酒入愁腸化作相思淚」這樣情深柔軟的句子。

也許不只是「寫下」，他們生活周邊有樂工，有唱歌的女子，她們唱〈漁家傲〉，也唱〈蘇幕遮〉，她們手持琵琶，她們有時刻意讓身邊的男子忘了外面家國大事，可以為他們的歌曲寫「新詞」，新詞是一個字一個字填進去的，一個字一個字試著從口中唱出，不斷修正，「詞」的主人不完全是文人，是文人和樂工和歌妓共同的創作吧。

了解「宋詞」產生的環境，或許會覺得：我們面前少了一個歌手。這歌手或是青春少女，手持紅牙檀板緩緩傾吐柳永的「今宵酒醒何處」，或是關東大漢執鐵板鏗鏘豪歌蘇軾的「大江東去」，這當然是兩種不同的美學情境，使我感覺宋詞時，有時像鄧麗君，有時像江蕙。同樣一首歌，有時像酒館爵士，有時像黑人靈歌。同樣的旋律，不同歌手唱，會有不同詮釋。巴布．狄倫（Bob Dylan）的 Blowin' in the Wind，許多歌手都唱過，詮釋方式也都不同。

面前沒有了歌手，只是文字閱讀，總覺得宋詞感覺起來少了什麼。

柳永詞是特別有歌唱性的，他一生多與伶工歌妓生活在一起，〈鶴沖天〉裡「忍把浮名，換了淺斟低唱」，「淺斟低唱」是柳詞的核心。他著名的〈雨霖鈴〉沒有「唱」的感覺，很難進入情境。例如一個長句——「念去去千里煙波，暮靄沉沉楚天闊」，停在「去去」兩個聲音感覺一下，我相信不同的歌手會在這兩個音上表達自己獨特的唱法。「去去」二字夾在這裡，並不合文法邏輯，但如果是「聲音」，「去」、「去」兩個仄聲中就有千般纏綿、千般無奈、千般不捨、千般催促。這兩個音挑戰著歌手，歌手的唇齒肺腑都要有了顫動共鳴，「去」、「去」二字就在聲音裡活了起來。

只是文字「去去」很平板，可惜，宋詞沒有了歌手。我們只好自己去感覺聲音。

謝恩仁校正到蘇軾的〈水調歌頭〉時，他一再問「是『只恐』？是『惟恐』？是『又恐』？」

我還是想像如果面前有歌手，讓我們「聽」——不是「看」〈水調歌頭〉，此處他會如何轉音？

因為柳永的「去去」，因為李清照的「尋尋覓覓冷冷清清淒淒慘慘戚戚」，我更期待宋詞要有「聲音」。「聲」、「音」不一定是「唱」，可以是「吟」，可以是「讀」，可以是「唸」，可以是「呻吟」、「泣訴」，也可以是「嚎啕」、「狂笑」。

也許坊間不乏也有宋詞的聲音，但是我們或許更迫切希望有一種今天宋詞的讀法，不配國樂，不故作搖頭擺尾，可以讓青年一代更親近，不覺得做作古怪。

在錄音室試了又試，雲門舞集音樂總監梁春美說她不是文學專業，我只跟她說：「希望孩子聽得下去——」，「像聽德布西，像聽薩堤，像聽 Edith Piaf——」琵雅芙是在巴黎街頭唱給庶民聽的歌手。

「孩子聽得下去」是希望能在當代漢語找回宋詞在聽覺上的意義。

找不回來，該湮滅的也就湮滅吧，少數存在圖書館讓學者做研究，不干我事。

雨水剛過，就要驚蟄，是春雨潺潺的季節了，許多詩人在這乍暖還寒時候睡夢中驚醒，留下歡欣或哀愁，我們若想聽一遍「行到水窮處，坐看雲起時」，想聽一遍「四十年來家國，三千里地山河」，也許可以試著聽聽看，這兩冊書裡許多朋友合作一起找到的唐詩宋詞的聲音。

地藏與蓮花

野付半島

小暑大暑間，多離開台灣，避開島嶼的燠熱焦躁。這次到北海道道東，兩個星期，隨意走走，沒有特別目的，第一站去了野付半島。

野付半島在突出北海道東邊沿岸，很長很長一條狹窄的地岬。在地圖上看，像細長彎曲的蝦螯，有二十八公里長的沙嘴。因此到了現場，走在窄窄的地岬沙嘴上，左望右望，兩邊都是海。

半島外面的海，波濤洶湧，遠遠可以眺望到國後島。國後島，目前俄羅斯管轄，俄語音譯庫納希爾島，是千島群島最南端的島。千島群島南端四島，十九世紀末就是日本和俄羅斯領域的爭端。從日俄戰爭打到二次世界大戰結束，日本從野心勃勃向外擴張的強國，淪為戰敗國，國後島也歸屬新的強國蘇聯管轄。一直到今天，俄羅斯、日本都對這個領域宣示主權，日本也在野付半島和北海道各處製作大幅「北方領土」「返還四島」的政治文宣大看板。

我喜歡野付半島荒涼冷漠的平曠風景，無邊無際的沉默，無邊無際的像死亡一樣的寂靜，然而卻不是真正的寂靜，像是割斷了喉管的聲帶，啞啞無聲，卻使人驚悚著，好像荒悍裡藏著各樣聽不見的吶喊。

海鷗叼起貝蚌，高高飛起，在高空把蚌拋擲，貝殼在岩石上摔碎，海鷗再飛下來啄食曝露的貝肉。

最初科學家提出自然史中的弱肉強食規則，或許沒有想到會成為人類在十八世紀前後「弱肉強食」的政治信仰吧。英、法、德國，都相信弱肉強食，在亞洲、美洲、非洲掠奪殖民地，屠殺人民，壟斷資源，畜養奴隸。接著是俄羅斯、美國、日本，戰爭不斷，重複說著弱肉強食的自然秩序。最初居住在這野付半島的居民，當然不是俄羅斯人，也不是日本人，是當地原住民阿努伊族。一直到現在，強國都在發言，然而數世紀以來，被驅趕流離無告的人民，喉管割斷了，強勢主流的世界，不容易聽到他們啞啞的吶喊。

初看野付半島，走在長長的地峽上，會被外海的驚濤駭浪吸引。外海靛藍如墨，大浪洶湧澎湃，轟轟隆隆。即使是初夏，雲層灰翳陰閉，寒風呼呼，一陣陣襲來，覺得透骨的冷。不時有迅猛的大鷹，貼著海面，展翅飛掠，電光火石，瞬間抓起大魚，瞬間飛揚，無影無蹤。

魚鷹飛掠而起，翅翼蔽天，強勢者的霸氣慓悍令人震懾。據說，鷹抓起獵物，也會飛到高空，把獵物拋擲而下，讓獵物摔爛在岩石上，鷹再飛下啄食爛成一團的肉身。歌頌強勢爭霸的偉大，常常會忘了那一團岩石上的爛肉，是否還在顫動，是否還有最後一點體溫？

受長長地峽庇護的內海，相對平和安靜。水波綠黃淺青，波平浪靜，看起來更像一個湖。冷杉樹林在淺淺沼澤的遠處，枝幹虬結如蟹爪，濛濛迷霧，使人想起宋人畫裡水墨凝練的「寒林」。

因為長長地岬的阻擋，寒風大浪緩和了，野付半島的內灣，形成了一片廣大平坦的尾岱沼。

尾岱沼是生態保護區，有很長的木製步道延伸進沼澤深處。遠望是一片什麼都沒有、光禿禿荒蕪的沼地，走進去卻發現各種植物、動物繁衍。有人用望遠鏡遠遠觀察丹頂鶴，我卻著迷於遍地野生千代荻的明亮的黃，蝦夷禪庭花橘色的飽滿愉悅平平展開鋪成一片。

沙嘴形成的沼澤濕地，孕育了無數小小的生命在此棲息，生生滅滅，繁殖蔓延。

此地的阿努伊族過去被稱為「蝦夷」，是俘虜，也是奴隸，極度被主流社會歧視。在人類強勢爭霸的歷史中，其實很難領悟一片沼澤被保護的真

野付半島尾岱沼開滿蝦夷禪庭花

正意義吧？保護真正的意義是還原自然嗎？是給予自由嗎？是尊重生命在自然裡生存的秩序與規則嗎？

看著地上被拋擲摔碎的貝殼，肉體早被吃光，殘餘碎裂的貝殼，被日光炙曬，被強風襲擊，被寒冰壓迫，變得慘白如枯骨，怵目驚心。

在弱肉強食的殖民歷史中，台灣也始終是強權口中的「弱肉」吧？然而，台灣主流社會對待目前弱勢的原住民，對待東南亞移工、外勞，對待外籍新娘，比我們更弱勢者，是不是也還慣用弱肉強食的規則？

屈斜路湖

北海道東部野付半島、知床半島都沿海，如果往內陸走，有原始林，有山，有湖，又是另一種風景。

屈斜路湖來了很多次，湖很大，有將近八十平方公里，是日本第一大破火山口湖，在世界上也排名第二。沿岸風景變化萬千，森林、溪流、溫泉都好。南端的川湯、砂湯兩地都因溫泉命名。

砂湯在湖邊，沙岸上冒煙，隨意淺刨，就有熱湯湧出。使我想起三十年前的知本溪，河床裡也還是遍布泉口，當地部落居民常常挖一個坑，一家人就在坑裡裸湯。知本後來變成知名觀光景點，溫泉被外來財團霸占，原住民部落的傳統生活領域成為商品，被高價販賣，部落原住民與大自然世代單純和諧的生活倫理也被破壞殆盡。

川湯靠近和琴半島，湖岸也是一個接一個溫泉。粗粗用石塊圈圍，就成一湯，有時用一石屏間隔，一邊男湯，一邊女湯，無人管理，不收費，卻乾淨清幽，泡在湯池中，眼前一帶如夢似幻的湖景，霧靄茫茫，彷彿就在畫中。

雌阿寒岳也在屈斜路湖附近。山下還有小小安靜的五色沼，湖邊有主要供登山客休憩住宿的野中溫泉民宿。建築簡陋，房間沒有衛浴，但戶外風呂很好，粗粗用石砌成，湯池四周圍繞整片冷杉林木，湯池熱煙繚繞，林木山嵐氤氳，自去自來，是莫大享受。

雌阿寒岳山下五色沼，不大的一個湖，繞湖一周，慢慢走，大概也只要一小時許，湖水安靜清淺，可以遠眺雌阿寒岳。

我來了兩次，上次是去年初秋，樹葉正從綠色轉褐黃、轉絳紅，多樣色彩倒影湖中，與夕陽山岳金紫紅褐的光重疊融渙，色彩繽紛的光，在湖面緩緩流動，這是「五色沼」名稱的來由吧。

這次六月下旬來，天氣過了初夏，但山裡像還是初春，早晚有霧，樹木冒出嫩綠新芽，單純乾淨，湖水透明，水草晃漾，沒有入秋時那麼多彩繽紛，卻特別安靜，使人想在湖邊多坐一會兒，聽微微風聲，聽水流潺湲淙琤，可以遺忘許多事。

想起王維的句子「晚年唯好靜，萬事不關心」，回到純粹的自然，看山看水，不只是忘了人事紛紜，也常常連歷史都忘了。

年輕時看風景，總彷彿要有古人詩句點注，似乎沒有詩句，就沒有山水可看。

山水裡太多歷史，引經據典，會不會已與真正的山水無關了？像過去遊西湖，總是要索尋歷史記憶，總是有詩句要跑出來，「淡妝」「濃抹」，山和水都不純粹了，像是有人在耳邊喋喋不休，風景裡都是雜音。

王維從政治的牢獄出來，孤獨走在輞川，「萬事不關心」，是不是領悟了人事荒謬瓜葛，啼笑皆非。他走在輞川，行到水窮，坐看雲起，他想徹底好好忘掉一次歷史吧，人世紛紜都遠，才看得到真正的山水吧。

上｜屈斜路湖畔野湯眺望湖景 ／ 下｜屈斜路湖霧靄迷濛

北海道的幾個湖都好，屈斜路湖、摩周湖、支笏湖、網走湖、五色沼，或大或小，各有各的特點。有名人來過，但畢竟歷史短，風景裡也不太有名人造作，題句立碑，風景純粹乾淨。沒有聯想，沒有干擾，山單純是山，水單純是水，風景還原給自然，不牽絆太多歷史記憶，沒有知識的紛雜，沒有負擔，旅程其實更輕鬆自在。

蕗

五色沼湖邊沒有什麼建築物，只有一棟簡單茶室，名字也用「五色沼」，室內幾張桌子，室外也散置桌椅，供人欣賞湖景。

茶室由一對老夫婦經營，供應簡單的蕎麥麵等，配醃漬小菜。婦人在廚房忙，男主人跑外場。客人不多，男主人熱絡，跟我介紹那碟醃漬小菜。

小菜是植物的莖幹，有兩指粗細，中空，切成手指長短，用醬料煮過。在民宿早餐，也常吃到這碟小菜，初看以為是西洋芹，有明顯的纖維組織，以為是脆硬的，入口卻細嫩柔軟，口感綿密清潤。

茶室主人熱心介紹說：「fuki —— fuki ——」

他見我不懂，又跑進廚房，拿出像雨傘一樣的長柄大葉片。把柄立在地上，這一根植物竟然比他還高，葉片如傘蓋，在他頭上招搖。

他很開心做這樣的展示吧，也拿出足寄當地一本觀光小冊子，封面就是一高大男人手持這傘蓋，傘蓋還是高過人頭。

這次來，茶室主人不記得我去年九月下旬來過，他又像上次一樣，很熱心介紹，拿出粗壯的長柄葉片說：「fuki —— fuki ——」依然是傘蓋在頭頂招搖，彷彿希望我知道這是多麼可愛的草，長到這麼大，可以當雨傘，又可以吃。

兩次他都這樣演出，我覺得應該有責任回報一下茶室主人的熱心，便傳了簡訊給嫁到靜岡的邱，問她「fuki」是什麼。

我在戶外露天椅子坐著看湖水，點了抹茶。茶室主人端來一個近橢圓型的紅色托盤。托盤上一杯湖綠抹茶，剛攪拌過，點點茶泡，像青翠浮萍，也像湖面浮沫。綠茶盛裝在秋香色帶灰的瓷杯裡，沉著又一片清新。旁邊一方天藍小碟，放三塊指頭大葛粉甜食，淺青有點透光。一個竹製的叉子，一杯清水。我看了很久，器物不是昂貴的珍物，但配搭如此，有講究，也隨意，是荒野湖畔茶室素淨又悠長的品格。沒有千言萬語，我心中合十，感謝這茶室帶給我不經意的莊重寧靜。

靜岡的邱很快傳來訊息，「fuki」是蕗，可以食用的草本植物，她附帶說：家中院子就有。開白花、開黃花兩種。孩子不喜歡太重的醃漬口味，也就少用來佐餐。

我上網查了查，查到蕗，查到石蕗，有點像，又不像，沒有茶室主人秀給我看的那麼如傘蓋般的巨大。

從蕗，無意間查到蜂鬥菜，有人在日本市場拍了照片，一捆一捆當蔬菜賣，莖幹結實，看來很近似了，卻還不確定。

把這些訊息放上臉書，很快有朋友告知各種訊息。有人說，蕗是日文漢字，中文是蜂鬥菜。另一則訊息指出，北海道足寄一帶有特別高大品種的「蕗」，命名為「秋田蕗」。這正是茶室主人兩次熱心秀給我看的品種，可以長到兩三公尺高。茶室主人不厭其煩，津津樂道，要讓外地遊客認識他故鄉特別的植物和料理吧。

有人提醒，宮崎駿的《龍貓》就曾經畫過這拿在手中當雨傘的「蕗」。《龍貓》看了很多次，沒有特別注意當雨傘的蕗草，也許看的時候，理所當然覺得那是姑婆芋的葉子吧。我的童年，無論大太陽或雨天，都摘一片路旁碩大的姑婆芋葉，遮陽或當雨傘。我記憶的是姑婆芋，宮崎駿的記憶是秋田蕗。

我們總是記憶著自己的童年，記憶著透過陽光青青葉脈的迷離，和下雨時姑婆芋大葉片上點點滴滴叮叮咚咚的聲音。

因為茶室主人的熱心，串連起許多有關「蕗」的訊息來來往往，發現不只

上｜五色沼茶室抹茶／下｜蕗草與白粉蝶

是足寄，走遍北海道各處，山林野地路旁到處都是野生的「蕗」。直徑有五十公分圓圓的葉子，梗莖接頭的地方像如意彎轉，也像古代雲頭紋飾。從不認識到認識，原來陌生不關心的一種草，好像忽然熟悉起來，這一片原來不相干的山野風景好像也突然有了特殊的緣分。

離開茶室，到瀨戶瀨溫泉，在路的盡頭是伐木林，堆著許多新斬伐待運走的杉木。這裡已經很荒僻，入秋後就封山，只有一間極簡陋民宿，已是七月初夏，院子裡卻還開著紅豔的芍藥。

我一路散步，看巨大蕗草葉子上的毛蟲，毛蟲蠕動，齧食葉片，葉片邊緣有稜，像鋸齒，毛蟲避開，只齧食中間幼嫩柔軟的部分。看起來速度不快，但轉頭一會兒功夫，葉子就被吃掉一大塊。

一路看蕗，葉片上有毛蟲，也有白粉蝶。不知吃了多少蕗草葉子，不知多久，從蛹孵化，那隻白蝶，靜靜停在葉片上，彷彿似曾相識，讓牠若有所思。

地藏和大賀蓮

網走湖邊住宿一夜，回東京，住在日暮里。記得上一次住這裡，在附近下町一帶亂走，無意間經過靈園墓地，穿過一塊塊石碑，忽然看到「芥川龍之介」幾個字。心裡愣了一下，想起《竹籔中》，想起《羅生門》，想起《河童》，想起《地獄變》，想起《傻瓜的一生》，想起大正那個美麗又感傷的時代，想起文人瘦削如鬼魂，陰鬱死去。

那一次很錯愕，沒有想到無緣由這樣跟芥川偶遇，墓前合十敬拜，匆匆離開，在小巷弄找到一家小餐館，吃了五目釜飯。

想起七月二十三日是芥川忌日，有點刻意想要找他的墓追思祭奠。次日起了一大早，匆匆往一墓園去，沒有留意，走錯了方向，找到的是谷中靈園，不是芥川墓所在的慈眼寺。

谷中靈園旁有天王寺，寺門剛開，青年僧侶拿掃帚掃落葉，頭皮青青。遠望禪堂佛殿巍峨，我忘了要找芥川墓的事，進寺去膜拜。

旭日初昇，一線金黃的曙光，像特意的照明，正正照亮一尊地藏菩薩的像。是一塊六面的石雕，六面刻同樣的地藏，手持禪杖，站立在蓮台上，臉上微微笑容。

地藏是日本民間普遍的信仰，尤其在靈園墓地，更是常見。地藏手持禪杖，敲打地獄之門，發了宏願：地獄不空，誓不成佛。因此地藏生生世世，守在地獄門口，護佑著死亡恐懼中受苦的生命嗎？祂立在靈場，也就彷彿聽到不斷擊打地獄之門的聲音，成為一種永恆的救贖吧。

我想起芥川《地獄變》裡讓我驚悚的畫面，父親把盛裝女兒綁在華麗轎中焚燒，烈焰沖天，父親在一旁勾畫下他「地獄」變相圖最後的畫面。

也許因為初日的明亮，地藏臉上的微笑如此溫暖，世事紛紜，可以這樣一無旁顧，只有微笑，關照四方，沉默無一言語，使我深深敬禮。

寺廟院落用大缸栽植了蓮花，和附近上野公園不忍池的大賀蓮是同樣品種。

盛開的大賀蓮

天王寺初日照亮的地藏菩薩

大賀蓮因大賀一郎（一八八三～一九六五）得名。大賀一郎是生物學家，曾經在滿洲國十六年，研究大連普蘭店遺址的千年蓮子，精研植物基因，據說一九一八年他曾從孫逸仙處得普蘭店古代蓮子，成功培育開花。

大賀一郎更著名的研究是一九五一年培育千葉縣三顆古代蓮子，這三顆蓮子經碳十四鑑定都是兩千年的種子。其中一顆經大賀一郎培育，成功開花，此後結實繁衍，因此稱為「大賀蓮」。

大賀一郎使兩千年的蓮子重新發芽，好像不只是科學界的大事，媒體報導，也如此令俗世大眾興奮動容。

生命在一粒種子裡的蟄伏，如此長久，令人驚嘆。

想像自己，在黑暗封閉、不見天日的孤寂裡蜷縮著，等待呼喚，等待甦醒，等待一線陽光照亮，我也可以嗎？

是多麼大的願力，是多麼堅定頑強的信仰？千年漫長的黑暗與孤寂，沒有聲音，沒有呼吸、心跳，一粒種子，依靠什麼力量，可以衝破硬殼，可以發芽，可以開花，可以繁衍。

一朵蓮花，在埃及繪畫中開在靈界冥河上；一朵蓮花，在古老印度成為修行終極的象徵；一朵蓮花，在古老的中國是文人的精神信仰。大賀蓮的一粒種子，傳遞著生命的訊息，彷彿比許多言語更精確，比許多文字更具說服力，沉默無語，啟發世世代代的生命。

久遠劫來，流浪生死，一世一世，我們是否也像一粒蓮子，也在等待，漫長孤寂之後，會有生命重生的領悟嗎？

旅途中想起自殺的芥川，不知他墓地旁是否也開滿了初夏的花？

木扉・蟲痕

京都知恩院到青蓮院的路上，看到好幾棵巨大的樟木。樹的主幹都有兩三人合抱的徑圍，連四處飛張的分枝杈椏也都粗壯有力，如龍蛇盤曲虯結。在初夏蓊鬱青蒼的綠蔭中穿梭飛騰，走過的人都抬頭觀看讚嘆。

知恩院正在整修大殿，無法進去參觀。我繞到後院，在僻靜角落有一方池塘，遊客稀少，水塘裡浮映出天光雲影。雲的影子是一團微微發亮的金灰，一株楓樹斜斜伸向水面，楓樹的陰影下躲著一隻棲息的蒼鷺。或許被腳步聲驚動，牠正緩緩踱步移動，四周盪起一圈細細的漣漪。灰綠色的天光雲影搖動晃漾，蒼鷺羽毛淺淺灰藍的光澤，都像一幅老舊有歲月

知恩院寒塘渡鷺影

的縴絲，從宋代傳到今天，任憑星月流轉，任憑兵荒馬亂喧囂，絲面仍然如水，流淌盪漾著歲月安靜沉穩華美的光。

青蓮院在知恩院附近，原來有皇室駐蹕過，被稱為京都寺院裡的五大「門跡」之一。

青蓮院遊客頗多，面對庭院的主要榻間，有人瀏覽欣賞門扉上新畫的蓮花蓮葉裝飾，有人靜坐石庭前，望著階下一簇青苔發呆，像是靜觀南朝書跡裡一方墨暈。

青蓮院範圍頗大，沿著石庭、叢林、水池，有廊道連串幾個主建築。庭院後方的「宸殿」，遊客少，寂靜素樸。或許也曾經有過喧譁繽紛吧，歲月剝蝕漫漶，木扉彩漆退落，只留下少數的花卉，以及一兩隻蛤粉填繪的白色蝴蝶，彷彿在木紋間仍然努力振翅欲飛。

歲月這樣逝去，大部分遊客來青蓮院看秋日紅楓，也可能錯過了這初夏寂靜的蒼翠吧。

我們匆匆來去，總是錯過了什麼。

像我差一點錯過宸殿轉角一處木扉。

木扉上彩漆盡落，還原成木質紋理宛然的一片木材，紋理中也都彷彿聽得到風聲、雨聲、蛀蟲的啃食沙沙聲。木扉也還在時間中經歷成、住、壞、空。

蠹蟲蛀蝕，木紋上留下被蟲啃蝕的斑剝痕跡，整修復建，有人刻意留了下來，沒有換掉。我差點錯過了，卻彷彿是因為王羲之，因為他手帖裡的兩個字，召喚我停下來，細看蠹蟲的痕跡，細看歲月這樣經營記憶。

南朝手帖多「奈何」「奈何」二字，寫到重複太多次，手帖裡的「奈何」也常常像蟲長年的啃蝕，別無涵義，只是天地間一抹荒涼的線條罷了。

書法寫在脆弱的紙絹上，通過時間的劫難磨損，記錄歲月時光。不懂時間荒涼，離書法的領悟還甚遠吧。

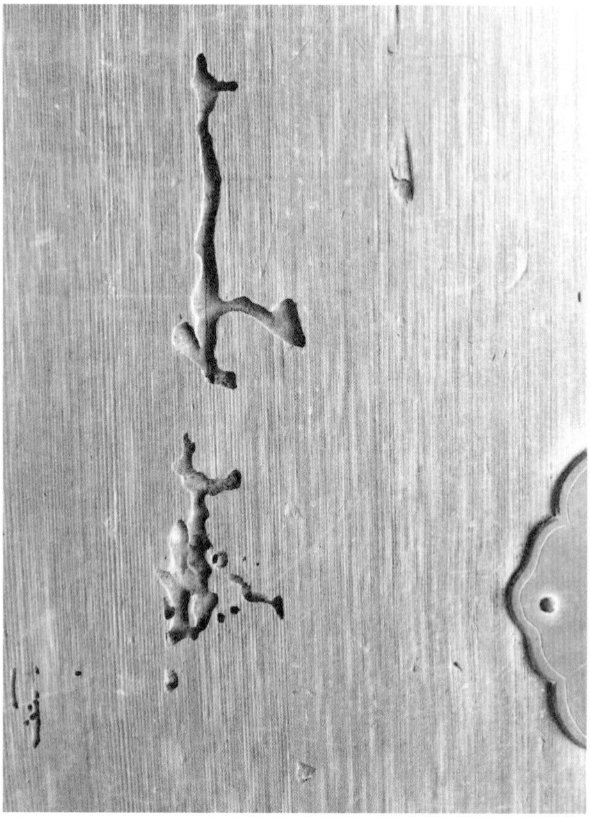

青蓮院木扉上蠹蟲蝕痕

那是青蓮院木扉上的蟲蝕留下的書法，點捺頓挫都在，沒有錯過，彷彿跟南朝王謝子弟擦肩而過，雲淡風輕，也只是僥倖淡淡一笑。

頻有哀禍

大阪市立美術館在做中日書法展，有難得一見的王羲之〈頻有哀禍帖〉和〈孔侍中帖〉。也有王獻之的〈地黃湯帖〉。

王羲之的手帖多是朋友間往來書信，寥寥數語，文字多精簡如今日短訊。〈頻有哀禍帖〉僅僅二十個字：

頻有哀禍，悲摧切割，不能自勝。奈何，奈何。省慰增感。

王羲之的書信被限制在「書法」框架中，使人忘了那墨跡背後血淚斑斑的歷史。王羲之的〈姨母帖〉報告姨母的死亡，王羲之的〈喪亂帖〉講山東故鄉祖墳的刨掘荼毒。他的書信不斷述說著大戰亂裡親人的流亡離散。拿著毛筆的手，若只是一味炫耀自我，炫耀書寫技術，書法的格局何其小器。

「頻有哀禍」，王羲之是在傳述一個像一九四九年一樣的巨大戰亂中人的傷亡流離吧。

一般傳記多認為王羲之生在三〇五年，三一一年發生永嘉之亂，漢族文明第一次受到北方游牧民族的侵擾。那是北方漢族仕紳大量南遷的時代，童年的王羲之也隨家人從故鄉山東向南逃亡，他的伯父正是輔佐司馬睿在南京即位，建立東晉政權，穩定了南方局勢的王導。

王羲之當時六、七歲吧，開始啟蒙受教育，正是拿起筆來學習書寫的年齡。

這個六歲的孩子，從書寫開始，看到、聽到的，就是不斷的「喪亂」事件，他彷彿一生都在用筆書寫著戰亂流亡中他看到與聽到的「頻有哀禍」吧。

「頻有哀禍，悲摧切割」，悲，摧，切，割，這是王羲之書信裡常見的用字，不是書法，是四個可以把生命撞得粉碎的鐵鎚的敲擊。王羲之的書法優雅嗎？他在〈喪亂帖〉用的句子是「痛貫心肝」。是痛，痛到被摧毀，被切開，被割裂，痛到心腸寸斷，痛到「號慕摧絕」，王羲之這樣書寫他的時代。

他無法承擔這時代的大劫難，他從不故作英雄悲壯，他總是說「不能自勝」「情不自勝」，這樣無助無力，他重複著一次又一次的慨嘆「奈何」「奈何」。

王羲之書帖裡最常重複的「奈何」，千變萬化，有時不再是漢字，而是一個荒涼的符號，一種聲音，像南朝在荒山裡獨自一人放情的長嘯，高亢淒厲，卻沒有詞句，也不是歌聲。像青蓮院老舊木扉上留下的蠹蟲的蛀蝕痕跡。

〈頻有哀禍帖〉和〈孔侍中帖〉原來應該是兩封不同時間的書信，這些書信後來成為歷史文件，也成為後代臨摹書法的範本，被收存珍藏。隔了數百年，王羲之的書帖，在唐代有大量摹本，用硬黃紙，雙鉤填墨，做出複製品，日本當時留學長安的僧人帶了一些回到京都奈良。流到日本的王羲之唐摹本很多，包括〈喪亂帖〉〈頻有哀禍帖〉〈孔侍中帖〉〈憂懸帖〉，這些書帖也受皇室珍藏，〈頻有哀禍帖〉〈孔侍中帖〉〈憂懸帖〉，這三封書帖被裱裝在一起，中間還有〈延曆敕印〉的三方皇室印記。「延曆敕印」是桓武天皇（七三七～八〇六）的收藏印，是鑑定唐摹本二王書法的依據，傳到日本的〈喪亂〉〈得示〉〈二謝〉三帖也有這方印記，是同一時間東傳日本的作品。

李柏文書

大阪美術館的書法展覽人山人海，排隊要觀賞的群眾繞了好幾圈，估計要排一兩個小時才進得去。幸好維持秩序的義工告知有「外國遊客禮遇」，立刻免除排隊長龍，直接引領我們到第一個展廳。

第一個展廳有許多南北朝時代的手抄經卷，引起我興趣的是一卷〈大智度論〉，鳩摩羅什譯本，傳說是龍樹菩薩所述，但爭議很大，也有人認為是原始經典加入了鳩摩羅什翻譯時自己的論述註解。

〈大智度論〉手抄本字體明顯帶有隸書的風格，蠶頭，雁尾，橫向筆畫的波磔特別被強調，使人想起漢代居延一帶竹簡木簡上書風的大氣磅礴，

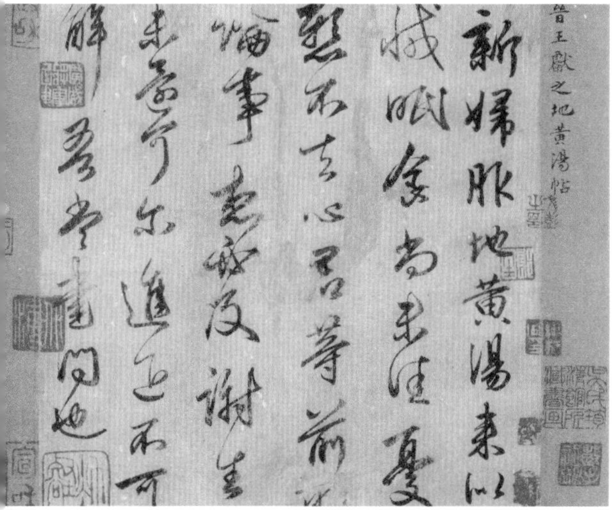

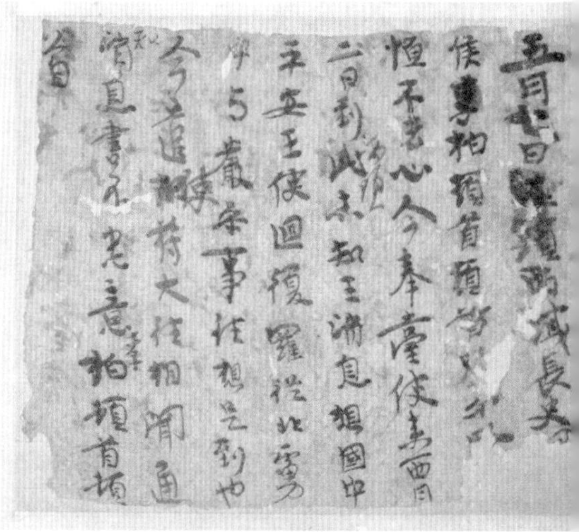

左｜王獻之〈地黃湯帖〉／右｜最早的紙本墨跡〈李柏文書〉

彷彿飽滿緊繃的弓弦，左右開張，力勁十足。

抄經用書法，卻不同於書法。抄經一念專注於修行，若是念頭裡有炫耀書寫的表現，自然不夠純粹，不夠專一。弘一晚年抄經，爐火純青，沒有一點雜念，沒有一點自我誇耀，放下「我相」，使人看到，只有屏息凝神，一念虔誠，那是修行者的艱難，是墨跡，也是血痕。

書法展中以抄經開端，使人回到漢字的端正，可以誠意正心，放下「我相」的執著。

展場第一件作品是〈李柏文書〉，這是西晉殘紙，晉人紙本手跡傳到今日，大概這是最重要的文件了。這件目前收存在日本龍谷大學的墨跡文件看出日本對漢字的重視。我在寫《手帖——南朝歲月》時也以這件作品做書帖的起源。李柏是大漢帝國派駐在西域的長史，一個邊疆官吏向中央報告的書信，也不完全是文人喜歡說的「書法」，但在漢字文件歷史上彌足珍貴，看到此後〈平復帖〉到二王諸帖最早的書法源頭。

書法大概要不時回到「漢字」的各種可能，「文告」「書信」「抄經」都是漢字，也都與書法史息息相關。那麼，漢字在今天，將以何等面貌出現？書法在哪裡？值得深思。

地黃湯帖

王羲之的〈孔侍中帖〉是國寶級珍品，紙質脆弱，不能展出太久，替換的是王獻之的〈地黃湯帖〉。

我在《手帖——南朝歲月》一書裡談到很多次王獻之，這個「書聖」最小的兒子，在父親盛名壓力之下，開創出自己的書寫面貌，把父親用筆的內斂、含蓄，一變而成為向外的拓展。所謂的變「內擫」為「外拓」。「內擫」「外拓」還是抽象詞彙，剛好這次展出的〈孔侍中帖〉和〈地黃湯帖〉都有連寫的「想必」二字，我就擷取出來，讓自己反覆揣摩，這兩個同樣漢字的「想必」書法用筆上有什麼不同。

王羲之的「想」「必」二字斷開，沒有連筆，王獻之很明顯，「想必」二字連筆牽絲，在視覺上牽連出很多流動閃爍的光芒線條，形成他與父親穩定溫和不同的風格。王羲之六、七歲隨家族南遷，他是「外省」的第二代，成長於還未脫離戰爭陰影的南方。他最小的兒子獻之已是南遷穩定後出生的第三代（三四四年），他不像父親有那麼多喪亂記憶，他也沒有那麼多在哀禍中隱忍的內斂，我喜歡王獻之洋溢的年輕灑脫，甚至他的狂放不羈，他對頂頭上司謝安也一樣出言不遜。《手帖——南朝歲月》寫到他頂撞謝安，其實是謝安有意挑釁，謝安問王獻之：你跟你父親的書法誰好？

這問題不好回答，也容易變成尊師重道的敷衍。

王獻之「想必」

我喜歡王獻之簡單回覆：故不同。

「我跟父親風格不同，無法比較，沒有好與不好的問題。」

謝安咄咄逼人，說：「外人不這樣說。」

這句話有惡意，用世俗蜚短流長的八卦要打擊王獻之。王獻之卻不示弱，回答一句：「外人哪得知。」

「外行人哪裡會懂。」

這句話給了搞政治的謝安一臉難堪，搞政治搞到要插手美學評斷，王獻之就不客氣擋回去，把謝安也一併歸入「外行」。

〈地黃湯帖〉也是書信，寫新婚的妻子服用地黃湯藥，好些了，睡眠、消化都還沒有改善。信的後段講到「謝生」頗有微詞，筆法也更放縱撒野，已經是鋒芒畢露的書風了。

空海

空海的書法也是這次展覽的重點，相信對大多數日本觀眾，或許他們更關注於看日本歷史上弘法大師的書法真跡吧。

空海是日本真言宗開山祖師，去過很多次他創建的高野山道場，住過他開光的「清淨心院」，參拜他創立的「金剛峰寺」，也參拜他圓寂後的御影堂，大殿上空無一物，窗扉全開，殿後直接一片蒼蒼松柏叢林，風聲樹影，滿目青翠，知道這是修行者無所不在的音容笑貌，合掌恭敬致意。

這次空海展出作品有行楷的〈聾瞽指歸〉，〈風信帖〉，有草書的〈崔子玉座右銘〉。空海在延曆二十三年赴長安青龍寺修密宗，回日本創立密教真言宗。他在長安停留的時間只有兩年，每次看到他的書法都想到佛學上說的「夙慧」。彷彿他的修行不是這一世的修行，否則很難想像他不只是佛法，僅僅在書體上，他可以通篆、隸、行、草，還通古梵文。很難從正常人的學習看一位高僧大德的成就。

空海許多書跡多在寺院，這次集中在一起，更可見他多種書體的功力。〈風信帖〉是一封書信，無論字體風格和文句詞彙，都明顯受二王和南朝書帖的影響。

我注意到的是他在八二〇年用草書寫的崔子玉〈座右銘〉，這件作品現存高野山靈寶寺。崔子玉是漢朝的崔瑗（七七～一四二），曾經為哥哥報仇，手刃仇敵，亡命浪跡天涯，寫下有名的「座右銘」。空海顯然頗有感觸，用極美的線條書寫我們熟悉的句子：「無道人之短，勿說己之長。施人慎勿念，受施慎勿忘——」從小耳熟能詳的句子，卻是用一般人不熟悉的草書書寫。我讀著讀著，想像著幼年時家中長輩教導背誦「座右銘」，家家戶戶兒童琅琅上口。在長達半世紀以上的歲月裡，「無道人之短，勿說己之長」，真的成為「座右銘」，如此深深記憶著，每當不慎動怒要說出別人的「不是」，都會再次想到這麼簡單的句子，因此可以慎重自己的語言。

在日本的書法展裡，再次被空海的書寫震動了，去到長安學習的僧侶，如何像一個初學的孩子，端正慎重，寫下崔瑗的句子，漢朝的崔瑗，到

唐朝的空海，「座右銘」傳承的只是書法嗎？還是發人深省的自我覺悟？

如果日日說他人短處，惹是生非，書寫的意義何在？

把視覺聚焦在「說己之長」，再聚焦至「說己」二字，紙上墨痕如煙，歲月裡的蟲蝕、風雨塵漬，彷彿除了書法，看到更多時間的繁華與荒涼。

我又想起青蓮院木扉上宛若墨痕的蟲蟻的啃蝕。

看著書法，天地之大，知道蟲痕鳥跡獸足，無非蛇驚鸞飛，也都可以入書譜。若不自囿於俗世書匠，自然可以

左｜豐臣秀吉日暮之庭的石棋盤

右｜空海大師〈崔子玉座右銘〉「無道人之短，無說己之長」（局部）

狂嘯高歌，沒有什麼拘泥罣礙。

離開大阪美術館書法展場，乘車上山，回到客寓的有馬溫泉。一路落日暮色相隨，青楓蟬嘶都入眼入耳，也都隨山風逝去，若不回頭，身後原無一物，只是自己妄想吧。

我住的客棧是簡樸的民間招待所，食宿都不奢華，但位置很好，在有馬最高處，恰好可以遠眺層層山峰外一輪紅紅落日，據說豐臣秀吉也特別愛看楓紅季節此地的落日。瑞寶寺門跡前還留有秀吉停留的「日暮之庭」。庭中有一磐石鑿的棋盤，是秀吉當年下棋處。盤上經緯線還很清晰，棋盤四角已多殘破，歲月久遠，當年叱吒征戰的輸贏勝負自然也乏人關心了。

藤田嗣治

藤田嗣治

二〇一八年的春天，我在巴黎馬約美術館（Musée Maillol）看了藤田嗣治（Léonard Tsuguharu Foujita）的回顧展。這是他逝世五十年的紀念展，主要展示他收藏在歐洲的許多畫作。二〇一八的秋天，一直到十月，在東京都美術館也有藤田嗣治的大型展覽，作品不完全相同，應該有許多他留在日本的作品，包括他在二次大戰期間為日本軍方畫的戰爭畫。兩個展覽加起來，也許才看得到這位橫跨兩個國家、兩種完全不同文化的創作者一生的全貌吧。

一八八六年嗣治生於日本官僚仕紳家庭，他的父親藤田嗣章是明治、大正年間的高階軍醫，曾經擔任日本統治台灣時的台灣守備混成旅團的軍醫部長，他在北投創立「台北陸軍衛戍療養院」，至今還是軍中精神醫療的中心。

藤田出身在這樣傳統的官僚仕紳家庭，他的父親在大正元年（一九一二）又調任日本占領的朝鮮總督府醫院長，殖民帝國、軍方威權，加上東方父權的威嚴，究竟在這位創作者身上發生了多少影響？

在巴黎的展覽中有一幅他畫父親的肖像，面容嚴肅，神態端正，衣著規矩，藤田甚至用傳統東方祖先圖像全正面接近等身大小的方式來處理這件作品，這裡面透露了東方父權和家族不可違抗的尊嚴力量，在這樣的仕紳階級家庭長大，藤田內在其實存在著保守而又拘謹的倫理教條吧。

他愛上了藝術，他最初的美術繪畫訓練，學習純粹日本傳統工筆重彩的方法，他畫的禽鳥花卉屏風，細筆勾勒，有來自宋畫格物寫生的嚴謹，工筆花鳥，貼上金箔，礦物顏料，又有唐人宮廷的富貴華麗。這是日本

藤田嗣治花鳥屏風

狩野派的傳承，也許認識藤田，首先應該從他這樣古典的東方美學基礎開始吧。

藤田在日本中學畢業後，就迫切想到歐洲學習美術。他的父親為此請教了同樣是軍醫的著名作家森鷗外。森鷗外有在歐洲學習的經驗，也在台灣擔任過醫官，算是嗣章非常親近的同僚。森鷗外建議嗣治在日本先讀完大學再出國，因此嗣治才放棄赴歐洲的計畫，就讀了東京美術大學，接受在日本正規的學院美術訓練。

他在學院的老師是黑田清輝，黑田是把歐洲十九世紀古典學院技法帶進日本，建立日本西洋畫美術學院風格的先驅。藤田並不喜歡黑田的畫風，他的身上似乎存在著比黑田更複雜矛盾的元素，做為全新的一代，他試圖要擺脫的會不會恰恰好是他身上過多的古典規矩？

一九一二年嗣治和鳩田登美子結婚，很快去了巴黎。這段婚姻沒有維持很久，去了巴黎之後的嗣治好像突然發現了自己內在藏著另一個自己，狂野的、自由的，外在看起來是嚴肅規矩的東方古典，內在卻是急於爆發的火山，他要掙脫父權、官僚、仕紳的家族基因，他要徹底從規矩中解放自己。嗣治初到巴黎不久，歐洲經歷了第一次世界大戰。一九一八年，戰爭結束，嗣治內在也彷彿經歷一次翻天覆地的世界大戰。

巴黎使嗣治脫胎換骨，戰爭結束後，他成為充滿活力的蒙巴納斯畫派藝術圈中的一名活躍成員，在戰後的「瘋狂年代」（Les Années Folles）出入於圓頂咖啡（La Coupole），穿梭於化妝派對，齊額妹妹頭，圓眼鏡，小鬍子，大耳環，奇裝異服。如果拿兩個時期的照片來對比，日本時期的嗣治，巴黎的嗣治，竟很難認得出是同一個人。

但的確是同一個人，自由、狂野、搞怪、叛逆，彷彿對抗著身體裡長久以來規規矩矩的禮教偽裝，他想解放自己身上層層綑綁的拘謹束縛。

巴黎經歷了一次世界大戰，毀滅之後，現代城市彷彿要為戰爭的倖存狂歡，時代的集體瘋狂燃燒著巴黎，瘋狂、解放，也衝擊著嗣治，他試著剝除外在的拘束，他想看看內在真實的自己是什麼樣子。

左｜藤田嗣治在巴黎舞會留影 ／ 右｜藤田嗣治與鳩田登美子結婚照

嗣治開始創作自己的繪畫了，不是傳統狩野派，不是黑田清輝，也不是巴黎的學院，他迷戀著巴黎的女人，他和日本妻子離婚，結交模特兒、歡場女子，他的畫裡出現令人迷惑的巴黎女人，裸體，或穿著入時，斜躺在臥榻上，雪白的肌膚，大大的眼睛瞪視著看她的人，那麼西方，又那麼東方，美麗、優雅，又充滿肉體的誘惑。

蒙巴納斯巴黎畫派

一九二〇年代嗣治住在巴黎塞納河左岸的蒙巴納斯（Montparnasse），這個社區是當時畫家、創作者的活躍中心，不只是法國藝術家，世界各地的藝術創作者都在這裡聚集。

蒙巴納斯像一個美麗的族譜，不只畢卡索在這裡畫畫，高克多（Jean Cocteau）在這裡實驗戲劇，阿波里奈爾（Guillaume Apollinaire）在這裡寫詩，薩蒂（Erik Satie）在這裡作曲，海明威在這裡寫小說，鄧肯（Isadora Duncan）在這裡舞蹈……。這是一個世界性的美學族譜，畢卡索從西班牙來，海明威、鄧肯從美國來，有來自義大利的莫迪格里安尼（Amedeo

Modigliani），有來自波羅的海俄羅斯的蘇汀（Chaim Soutine）、夏卡爾（Marc Chagall），有來自日本的藤田嗣治……。

什麼是「蒙巴納斯畫派」？什麼是「巴黎畫派」？

他們其實風格各異，有印象派，有立體派，有野獸派，有許多無法歸類，只是誠實於他們自己的創作，像莫迪格里安尼，像蘇汀，像藤田嗣治。

夾在兩次世界大戰之間，「巴黎畫派」只是一個城市虛構的美學嚮往吧？讓來自世界各地的藝術家，聚在這裡，一起生活，一起創作。巴黎提供了一個完全自由包容的環境，讓不同文化背景的創作者在這裡匯聚，享受短暫的和平與繁華。

這一群畫家，因為住在蒙巴納斯，因此被稱為「蒙巴納斯畫派」，因為在巴黎，因此被稱為「巴黎畫派」。他們來自不同文化、不同背景，在這裡都被尊重，每一位創作者都帶著自己母體文化或特殊的個人記憶進入巴黎。他們並不信仰同一種美學，他們也技法各異，個人用自己獨特的方式完成自己。

然而他們都被接納了，那是一個偉大城市的遠見與視野，他們共同締造了巴黎，他們共同豐富了巴黎文化的多元性格與創造活力。在這個城市，在蒙巴納斯，沒有人被視為「異類」。嗣治像被疼愛的東方寵物，他被同伴親暱地稱為「Foufou」，他常常穿日本和服上街，留著小鬍子，戴大圈耳環，有時自製希臘古裝與同伴攜手遊街。

巴黎接納各種異文化，「奇」裝「異」服被讚賞，自我的認可，自我的表現，自我的標新立異都被接納。夾在兩次世界大戰之間，「瘋狂年代」的巴黎彷彿是毀滅裡一段狂歡嘉年華，世界的菁英在這裡戀愛、生活、畫畫、寫詩、玩戲劇、跳舞，很難想像，在日本一板正經的嗣治竟然在巴黎赤腳和鄧肯（Raymond Duncan）學現代舞！

蒙巴納斯至今流傳著神話般的故事，他們沒有一頭鑽進繪畫技法裡變成呆板畫匠，他們的生活故事和創作不可分；走在蒙巴納斯大街，人們總是說著星辰之子莫迪格里安尼的美麗情人，總是說著蘇汀如何藏著屠宰場偷來的發臭的動物屍體，總是說著嗣治一屋子養的貓，以及他迷戀的巴黎女人Kiki。

那些故事至今仍是觀看他們畫作的基礎，莫迪格里安尼總是拉長脖子嚮往升向星空，蘇汀的畫裡有肉體腐爛的腥氣，而藤田嗣治，愛著女人和貓的嗣治，在西方畫布上一絲一絲用東方古典細線勾描著他靜到無聲無息的生命，那些女人身體上的「白」，白到像雪，像牛乳，像不染塵埃的月光，像回憶不起來的一場春天的夢。

東方的白和如絲細線

我最早對藤田感到興趣，是在上個世紀的七〇年代，我在巴黎讀書，在市立現代美術館看到他畫的一幅裸女。西方油畫材料，但洋溢著古典東方的細緻優雅，特別是他使用的白色。他畫裡的白色被廣泛地討論，裸女身上的白，像是透明的白，彷彿不是實體的顏色，使人想到東方的「留白」，一種游離於實與虛之間的「空白」，像漢字書法裡的白，像篆刻裡的白，像碑拓裡「計白以當黑」的白。

藤田曾經在上個世紀的二〇年代用這樣的「白」征服了巴黎，歐洲人說不清楚藤田畫中的「乳白」，兩個文化交會了，都叫作「白」的那個字，其實有不同的含義。如果是「空白」，「白」就不是色相，唐代張若虛的「空裡流霜不覺飛，汀上白沙看不見」，講的正是這介於存在與不存在之間的「空」「白」。

藤田在去歐洲之前，顯然有極其豐厚的古典東方傳統的訓練，他征服巴黎的「白」已經不是物質的鋅白、鉛白、鈦白，而是使西方迷惑或迷戀的東方傳統美學的空靈之白吧！

其實應該和「白」一起討論的，是嗣治畫中的線條。一種如絲一般的細線，婉轉纏綿，使人想到東晉顧愷之的「春蠶吐絲」，是一根連綿不斷的細線，像留白裡的聲音，安靜延續著。這一次在巴黎看嗣治，還是有許多繪畫的朋友著迷於他的細線，甚至貼近檢查，不斷詢問：「究竟是什麼筆畫的？」是毛筆，不同於西方油畫的毛筆。東方很早就發展出了毛筆的「鋒」，有這個「鋒」，才有漢隸的「雁尾」、「波磔」，有這個「鋒」，才有衛夫人的

《筆陣圖》，才有王羲之的「書法」，才有顧愷之用來創作《女史箴》與《洛神賦》的「春蠶吐絲」。

筆鋒細線的傳統一直是東方美學的核心，與西方塊狀量體的處理截然不同。細看嗣治繪畫的局部，無論他畫金魚，或畫貓，都用細線勾勒，「勾勒」是東方素描基礎，如果是西方，就是用光影做出量體。

在上個世紀初，帶著東方線條記憶到歐洲的畫家，都面臨過同樣的尷尬，如何放棄自己熟悉的「細線」進入歐洲的「量體」？還是帶著這強勢的細線去對抗量體？徐悲鴻是全面學習西方學院量體光影的，常玉、潘玉良都沒有放棄東方的「線條」。嗣治是更徹底地用東方細線加上空靈的白，完成了他獨特的嗣治美學。

回來再看嗣治征服巴黎的裸女，放大細節，很清楚看到他的細線勾勒的輪廓，但再仔細看，跟隨著細線，有一些陰影筆觸，顯然嗣治沒有放棄量體的表達，這些陰影筆觸試圖做出西方光影量體暗示，若有若無，沒有線條這麼肯定，這麼有說服性，這麼讓西方迷惑好奇。

藤田嗣治〈乳白女子〉

一九二〇至三〇年代是嗣治創作的高峰，他已經成為巴黎 dandy 的傳奇，他在世界各地旅遊，他的裝扮、他的戀愛、他的狂歡、他的創作，包括繪畫、版畫和以貓為主題出版的書冊，都風靡西方世界。

但是嗣治或許不知道，前面還有另一個命運在等著他——戰爭與祖國。

戰爭——祖國

一九三三年，嗣治回國了，而後因為二次世界大戰爆發，因為嗣治的祖國成為法國的敵對國，因為他自己家庭與日本上層官僚軍方切不斷的關係。嗣治的兄長嗣雄是日本著名的法制學者，他娶的即是兒玉源太郎的女兒，兒玉曾經擔任台灣總督，也是日本對俄戰爭的重要將領，直接主導對中國東三省的統治。不能忽略藤田家族在日本擁有的殖民帝國、軍國主義系統的強烈色彩，這樣的背景，在戰爭爆發的時刻，檢驗了一直在巴黎放蕩的嗣治究竟要何去何從？

嗣治回日本，成為軍方的御用畫家，在美日戰爭中以「塞班島」、「阿圖島」

畫了巨型的「戰爭畫」。

什麼是「戰爭畫」？

拿破崙時代著名的戰爭畫家是大衛（Jacques-Louis David），羅浮宮常見「戰爭畫」，巨大尺寸，描述戰爭的悲壯或榮耀。嗣治在巴黎不會沒有看過這類繪畫，在巴黎成為寵愛貓與女人的畫家，嗣治或許不曾想到有一天自己會被推到「戰爭畫家」的角色吧？

這個在巴黎浪蕩多年的dandy，他要如何詮釋從來可能不會關心過的「戰爭」？

以作品來看，嗣治的戰爭畫，主題大概集中在表現日本軍士在與美軍殲滅戰中悲壯的死亡、群體的死亡、年輕生命的死亡。他用阿圖島、塞班島的戰役為背景，描述日本軍人的集體死亡，對嗣治而言，或許是生命的「悲壯」，但從另一個角度看，也就是軍國主義官僚結構歌頌宣揚的「殉國」、「效忠天皇」。

嗣治用了「玉碎」這樣的標題，玉碎「阿圖島」，玉碎「塞班島」，「玉碎」二字有更深的對生命弱勢者的悲憫與同情嗎？

戰爭期間，嗣治甚至被軍方派遣到中國，觀察多次戰役，畫下日軍在南昌、武漢許多地方的殘酷轟炸。嗣治或許覺得他是為「祖國」效忠，但是，曾經長時間習染法蘭西的和平自由，一位創作者，可以因為「祖國」的藉口，泯滅人性的價值嗎？嗣治的「祖國」使人毛骨悚然，創作者可以在「祖國」的名義下，做違反人性、違反正義、違反內心良知的事嗎？

二戰結束後，日本軍國主義受到全世界的譴責。嗣治的戰爭繪畫觸及美日的對立，這些畫作因此很多被美軍沒收，做為戰犯思想的證物送到美國，一直到七〇年代才歸還日本，在東京都美術館展出，還是引起非常大的爭議。

嗣治經歷巴黎的一次大戰，解放了自己，從家族父權中脫殼而出，創作了精采的作品。他可能萬萬沒有想到，第二次大戰，又徹底摧毀他創作的自由本性，為戰爭服務，為祖國服務，迷失了真正的自己。

藤田嗣治〈阿圖島玉碎〉

他或許感嘆，生命多麼荒謬，可以如此作弄一個原本應該單純的創作者吧。

二戰以後，無論在日本國內或國際上，嗣治不斷被點名批判為「軍國主義」、「法西斯」。巴黎的藤田嗣治展覽避開了他這一時期的作品，但在東京的展出還是保留了那時期的「戰爭畫」。

戰爭結束，無所逃於批判的壓力，藤田嗣治一九四九年到紐約，一九五〇年再度到巴黎，他放棄了日本國籍，歸化為法國公民，好像要忘掉自己身上去除不掉的一片陰影。嗣治接受天主教靈洗，成為虔誠的基督信仰者，自己修建教堂，一直到一九六八年在瑞士蘇黎世逝世，戰爭和祖國的惡夢才距離他愈來愈遠了。

藤田嗣治的一生是可以引人深思的，如果看完他各個時期的作品，我們或許還是會有疑問：究竟哪一個時期才是真正的藤田嗣治？

大繁華裡，款款回身

八月二十一日我在舊金山為華人防癌基金募款，演講一場「肉身覺醒」，演講前接到任祥簡訊報告顧老師辭世。

「肉身覺醒」講身體的修行，講到尸毗王「割肉餵鷹」，像在顧老師靈前念誦，告別她一生的繁華，也告別她「休戀逝水」的叮囑。

童年時常陪母親看戲，那是一九五〇年代，許多劇團從大陸撤退，隸屬軍隊，因此有陸軍的陸光劇團，海軍的海光，空軍的大鵬，聯勤總部也有一個明駝劇團。因為隸屬軍隊吧，有國家重要慶典，如國慶，或總統誕辰，中山堂就配合節慶，軍中幾個劇團都有演出。

因為是節慶吧，我陪母親看的戲，記得好幾次戲碼都是《龍鳳呈祥》。傳統戲劇常常必須為政治服務，劇團也必須準備一些吉慶戲碼應景。雖然必須為政治服務，當時幾個劇團都有好演員，我年紀還小，了解不深，在中山堂門口常聽母親跟阿姨們評論，大鵬的旦角好，陸光的鬚生好，海光的黑頭好，她們都很盼望等著看三軍聯演，一場戲，生旦淨末丑都強，棋逢對手，自然好看。

顧老師一九五三年結婚就退隱了，顧劇團解散，她年輕，輩分卻高，不隸屬任何軍中劇團。我沒趕上看她年輕時的演出，但總聽到她的名字，「顧正秋」三個字已是台北傳奇。

後來讀顧老師的傳記，知道她此時已退隱到金山，洗盡鉛華，開闢農場，養兒育女，期望平淡度日。但人生常有一定要做的功課，顧老師帶著絕世的繁華到人間，她似乎也要回到舞台，在大繁華裡回身，讓人領悟夢幻泡影吧。

當時我家住在大龍峒，保安宮廟口也常有歌仔戲演出，保生大帝生日，也是一連好幾個星期都有各個戲班輪流演出。歌仔戲是民間戲班，常是一個家族四處接廟會的演出，在廟口搭台。演出時，美麗花旦，常常前台演戲，後台解開衣襟，給孩子餵奶。演出完拆台，曲終人散，人、道具、行頭、豢養的雞犬，統統擠上卡車，又奔赴下一個廟會。

母親一直在戰亂裡流離，她看京劇，也看秦腔，到了河南就看河南梆子，她對劇種沒有偏見，看戲像看人生，到了台灣，有時也跟我拿了小板凳，在廟口看歌仔戲。

有一天廟口演《武家坡》，這是母親熟悉的戲，王寶釧的寒窯就在西安城外，母親說她少女時去看過。王寶釧，一個千金小姐，嫁了窮光蛋丈夫薛平貴，薛平貴被陷害，紅鬃烈馬去了西涼國，王寶釧就苦守了寒窯十八年。

母親跟我說了《武家坡》的故事，聽歌仔戲苦旦在台上哀哀訴說心事，母親若有所思。忽然出現薛平貴，一個拔尖高亢的聲音，四座皆驚，野台下烤香腸的、賣粉圓的，一時都靜下來。

母親驚訝，跟我說：「他唱的是秦腔。」

「是嗎？」

我一直懷疑這件事，秦腔的演員怎麼會搭在歌仔戲班裡？我還懷疑是母親幻想。多年後讀到一本書，談到一九四九年後有些從大陸撤退的地方戲曲演員，的確被本土歌仔戲班接納，一同演出。故事一樣，都是《武家坡》，女的唱歌仔戲，男的唱秦腔，好像也被觀眾接受，成為奇特的劇種混合。

歌仔戲混合秦腔，好像荒腔走板，但是戰亂，現實本來荒謬。妻離子散的年代，南腔北調，彷彿也讓人理解了舞台上一十八年夫妻分在兩地的酸楚吧。現在想想，舞台其實沒有人生荒謬辛苦，現實裡，熬過十八年之後，有可能再熬十八年。

顧老師是來台灣演出，意外留在了這裡，終生不能與父母家人相見。退隱不成，人生荒謬酸楚，但她還有未完成的功課要做。顧老師再回到舞台上，演出每一齣戲，都彷彿是要在繁華的人間一一回身。她在舞台上做「嗔」「愛」的功課，讓觀眾看到迷戀，看到酸楚，看到現世的愛與恨，最終，也可能看到她步步回身留給我們深長雋永的領悟。

我看顧老師的戲是在從法國回台灣之後，那已經是接近八〇年代的事了。

一九七六年秋末，我從巴黎回台灣，接受文化大學邀請授課。學校很寬容，讓我自己挑要教的系所，想開的課。我當時認為台灣教育保守，大學還很少能接受戲劇、舞蹈等重要的表演藝術。文化大學是最早設立這些科系的學校，尤其是戲劇系的國劇組，師資多是幾個軍中劇團的名角，他們從小做科，沒有學歷。教育部體制一向官僚僵化，但是文化大學打破成規，聘他們為教授。我因此選了國劇組，開藝術概論，學生裡也多劇校畢業已是舞台上亮眼新秀的演員，我不把他們當學生，跟他們一起讀文學，看電影，逛美術館，一起聽戲，一起上俞大綱老師的課，更像是同門的師兄弟姊妹。

那時軍中劇團是極盛時代，每天晚上在中華路的國軍文藝中心都可以看到最好的戲，票價好像只要三十塊台幣，場子裡通常一半都空著，我和學生們幾乎每晚都去，當功課做，隔天上課時討論，獲益很多。把一齣戲當功課做，不只是唱腔，不只是身段，在劇場裡慢慢看演員看觀眾，也似乎就領悟了戲劇在現實人生裡的分量。

八〇年代，第一次去顧老師頂好附近的家也是劇校當時新秀崔富芝引介。顧老師雍容自在，謙和溫暖，我見偶像，一時像小學生端坐，沒有多言語。

那時，「顧正秋」三個字更成為台北的傳奇了。

傳奇，可以是喜好談八卦的人油腔滑調的口舌是非；傳奇，當然也可以糾纏著荒謬辛酸，像嗔怒，又像眷愛，像苦海的回身，成為一個城市隨波逐流裡使人端正莊嚴的力量吧。

我開始看顧老師的戲了，每一齣戲都像一部佛經，使我懂嗔怒，懂癡愛，懂了許多童年跟母親看戲時她默默流淚時難以言喻的悲愴。

舞台上燈光華麗，在大幕後有一聲淒苦荒涼的高音——「苦哇——」那是蘇三，一身大紅的衣褲，身上背著枷鎖，一個判了死刑的女犯，「蘇三離了洪洞縣，將身來在大街前……」

顧老師的唱腔一聲一彩，行雲流水，我們那麼熟悉的唱詞，忽然陌生了，因為跟不上，行腔轉韻像一朵一朵花綻放，聲音可以這樣華麗婉轉如佛經說的「天花亂墜」。那一段唱完，爆起掌聲，然而不知為什麼，好像一場夢，我問自己：剛才是真的嗎？是真的聽到那樣的聲音嗎？

「夢」「幻」「泡」「影」「露」「電」，我以後讀《金剛經》，讀到最後的偈語，讀到這六種現象的描述，常常耳中想起顧老師的唱腔，偈語說的像是虛幻，卻也是真實。顧老師在舞台回身，每一次喝采，都讓整個劇場懂了華麗裡的「夢」「幻」「泡」「影」「露」「電」。

蘇三曾經是名妓，藝名「玉堂春」，她不輕易見客，跟她見面，先放下三百兩銀子，也只能喝一杯茶。王金龍帶著家產進京考試，迷戀上這名妓，廝

顧正秋於《蘇三起解》裡扮蘇三（任祥提供）

守一段時間，床頭金盡，就被妓院老鴇趕出，流落街頭，飢寒中蘇三趕來救助，不顧骯髒，摟抱在懷，用私蓄幫助王金龍進京趕考。

蘇三後來被老鴇賣給山西富商做妾，被大娘陷害，誣陷她謀害親夫，關進大牢，受酷刑拷打，做成死罪。

有名的「起解」正是從牢裡要押解到省城，後面接著是「三堂會審」，審問蘇三的不是別人，正是當年迷戀名妓的王金龍王公子。他靠蘇三的私蓄進京趕考，考中科舉，如今欽差審案，審理蘇三的冤案。

《玉堂春》是顧老師最常演的戲之一，有情有義的蘇三，從風華絕代的勾欄名妓，落難為罪衣罪裙的囚徒。她一腔懊惱嗔怒，在押解的漫漫長路上唱出一生的「恨」。陪伴她在押解途中的崇公道，一個白髮蒼蒼的老衙役，一路解說勸慰，試圖解開蘇三的嗔怒憤恨。那是好劇本，要有多麼深的人生體悟，蘇三才可能從「嗔怒」「憤怨」「懊惱」裡回身，看到當下這老衙役的溫暖與包容。

顧老師從年輕唱這齣戲，十幾歲吧，青春、華美、自信、自負，然而我無緣看到。我看到顧老師唱這齣戲是她五十歲前後了，經歷了多少事，結婚，從舞台退隱，在山上做農，一直到一九七五年任先生逝世，我聽到了顧老師唱《玉堂春》，沒有謠言，沒有八卦，但彷彿所有顧老師的心事都懂了，那樣多嗔恨，那樣多懊惱，又那樣多的寬容，一一回身，使人熱淚盈眶。

王金龍高中，做了八府巡按，高高在上，審問蘇三。蘇三跪在塵埃地上，一一委屈傾訴，這是一場蘇三控訴的場子，是蘇三在審王金龍，不是王金龍審蘇三。

顧老師讓千萬眾生的委屈在一句一喝采中有了救贖。她要重回舞台，做救贖的功課，救贖自己，也救贖眾生。

我也在八〇年代前後看了好幾次顧老師演《四郎探母》。顧老師的鐵鏡公主，一出場——「芍藥開，牡丹放，花紅一片。豔陽天，春光好，百鳥聲喧。」

顧正秋於《四郎探母》裡扮鐵鏡公主（任祥提供）

她帶著人間的繁華，讓世界花紅一片，百鳥聲喧。沒有了嗔怒，但如何擔待包容他人的苦楚？

鐵鏡公主的恩愛丈夫是木易駙馬，結婚十五年，已經有孩子，但她不知道這「木易」是「楊」字拆開來的偽裝。楊家將的楊四郎忠於宋朝，鐵鏡公主是遼邦蕭家的女兒。宋遼交戰，兩個敵對的國家，兩個敵對的家族，楊家與蕭家大戰，楊家敗亡，楊四郎被抓，改名木易，跟公主成親，隱姓埋名十五年，聽說母親佘太君押糧草到邊界，很想回家探母，但一透露身分，可能就依國法當間諜斬首。

我們好像已經很難想像，敵對的兩個國家，也可以有個人真正的恩愛和解。

我喜歡〈坐宮〉一段夫妻的對話，這是國仇家恨的敵人，是依國法當斬的間諜，但是，這也是恩愛十五年的丈夫，人世矛盾糾纏，當鐵鏡知道了真相，她要如何處置？依國法把丈夫當間諜送交官方處理嗎？

顧老師在舞台上款款站起，款款回身，向楊四郎下拜施禮，她緩緩的唱詞：「不知者不怪罪，你的海量放寬……」

因為不知道，可能冒犯了。因為不知道，常常會在漢人丈夫面前罵漢人吧；因為不知道，也可能一談起宋朝就一肚子火。然而，國仇家恨，「敵人」此刻就在面前，是懷中孩子的父親，他十五年見不到母親，想回家見一面，應該受國法制裁嗎？

鐵鏡公主，不，顧老師，款款站起來，款款下拜施禮，「你的海量放寬……」

如果「恨」「愛」糾纏，如果要在「恨」和「愛」之間做選擇，顧老師在舞台上的回身，寬容大度，如此華麗優雅，領悟嗔怒憎恨都要一一解開。

台下觀眾許多是不能回家「探母」的，熬過第一個十八年，再繼續熬第二個十八年。

顧老師五十歲左右的聲音身段都彷彿在說法，每六年說一次，是在總統就職的紀念日演出。我常常等那六年，不是等「總統」就職，然而，顧老師總是選「總統」就職唱《鎖麟囊》，好像要解開自己心裡曾經有過的嗔怒驕矜，要解開心裡解不開的結。六年一次，像一種儀式，她或許是唱給自己聽：

他教我，收餘恨，免嬌嗔，且自新，改性情，休戀逝水，苦海回身……

這是六年一次的救贖嗎？唱給自己聽，也唱給「總統」聽。

生命裡如果有敵人，有恨的人，也許可以在苦海回身的時刻，款款下拜施禮，讓「恨」與「愛」都一一了結了嗎？

《鎖麟囊》的薛湘靈是富家千金，為了婚禮嫁妝，千挑萬選，一點不如意就嗔怒罵丫頭。出閣當天，母親給她「鎖麟囊」，內裝各種珍寶，要她收好。花轎遇到風雨，在春秋亭避雨，聽到啼哭聲，原來窮苦人家另一頂花轎沒有妝奩，薛湘靈在轎中命丫頭把鎖麟囊相贈。

顧正秋於《鎖麟囊》裡扮薛湘靈（任祥提供）

生了孩子後，一日黃河大水，頃刻家產全毀。薛湘靈與家人失散，淪為街頭乞丐，討到最後一碗賑濟的粥，卻看到另一老婦趕來，已經餓得奄奄一息，薛湘靈猶豫掙扎，最後把手中的粥捨給老婦。

我記得舞台上顧老師兩次施捨的身段，第一次捨「鎖麟囊」，第二次捨「粥」，飢寒交迫，這一次施粥，比施捨「鎖麟囊」更艱難沉重。

顧老師最後在舞台上的回身，是經文上說的：「一切難捨，不過己身」吧。

最後一次跟顧老師聚餐是二〇一六年春天，顧老師明亮美麗，細述往事，無法想像她已過了八十歲高齡。我跟顧老師說，想找同一句唱詞唱腔，反覆讓年輕人聽，梅派如何唱，程派如何唱，顧老師如何唱，甚至張君秋如何唱，張火丁如何唱，反覆比較，一定可以聽出美學上的不同。像同樣一段巴哈，傅尼葉（Pierre Fournier）拉的大提琴，和馬友友拉的，重複聽，就聽出輕重緩急的一點點差異，那也就是美學風格的差異。

二〇一六年初夏，有人告知興建中的表演藝術中心將在十月開幕，要向顧老師致敬，邀我跟顧老師對談。顧老師是我最尊敬的前輩，我不敢「對談」。我建議主辦單位用一場演講向顧老師致敬，我也透過任祥轉達我的計畫。我一直聽顧老師的唱腔，覺得她在梅派的基礎上融入了程派的委婉。梅蘭芳創造了華麗明亮的唱法，彷彿陽光閃爍；程硯秋低迴轉折，像秋風陰雨裡雲層遮掩的月光，總在尾音處纏綿不斷。顧老師融合兩者，讓梅派的華麗和程派的低鬱融合成新的顧派唱腔，一霎時如春光明媚，一霎時如秋風秋雨，恍惚迷離，恰恰是她人生大繁華裡回身的優雅謙遜。

因為表演中心興建延誤，原訂十月的這場演講就延期了。顧老師辭世，任祥整理遺物，在顧老師書桌上留著給我的信封，裡面裝的正是梅派、程派，和顧老師同一齣戲的資料。任祥說：這是顧老師留給我的功課。

在舊金山講完「肉身覺醒」回到學生家，從網路上再一次一次重看顧老師的戲，《玉堂春》、《四郎探母》、《鎖麟囊》，顧老師舞台上回身，也在現實世界回身，一句一喝采的現世繁華，她都知道是「夢」「幻」「泡」「影」「露」「電」了吧。

重讀顧老師的自傳《休戀逝水》，「顧正秋」的傳奇，是顧老師自己唱的「休戀逝水」四個字，在她回身之後，仍然餘音迴盪悠揚，如寺廟鐘聲，可以發人深省。

霧荷
——一張畫的故事

一九八六年席慕蓉送了我一件三連屏的荷花，尺幅頗大，掛在家裡空間距離不夠，畫有點受委屈。剛好好友慶弟在衡陽路的書店餐廳馬可孛羅開張，地方寬闊優雅，從一樓書店轉二樓餐廳樓梯口有一個適合的空間，徵得了兩人的同意，這張畫就懸掛展示在那個位置，人來人往，三十年間，成為很多認識或不認識的人共同的記憶。

二〇一六年餐廳結束營業，慶弟把畫送到雲門劇場寄存，雲門也找了蔡舜任修復團隊清理。三十年歲月塵垢洗清，畫面的石綠粉白又明亮了起來，如旭日之光，色相如此，搖曳晃漾，彷彿我們都記得的那一個夏日時光，清風徐徐，荷葉沉浮婉轉，花瓣捲舒綻放開闔，波光雲影，一陣一陣荷葉荷花香氣襲來，我們都記得，我們彷彿也都不記得了。

席慕蓉的繪畫創作中，荷花是她持續很長時間的主題。

「為什麼是荷花？」在雲門劇場的佛堂，戶外是一片春光裡搖曳的竹林，恍恍惚惚，叢叢含笑盛放，一陣一陣甜香似遠似近。

「最早是玄武湖的荷花吧？」

畫家回憶起一甲子以前的往事，戰爭結束兩年，父親帶著一家人從重慶到南京。畫家還只是四、五歲的小女孩吧，然而她記得入夜時分遊湖的船，記得湖光瀲灩，坐在父親兩膝之間，感覺到特別受寵的喜悅。父親給了她一個新鮮蓮蓬，她就一顆一顆剝著蓮子吃。

席慕蓉的回答裡沒有說到她「看到」的荷葉荷花。她的回憶彷彿只是一種恍惚，戰爭過後短暫的喘息，父親牢靠的體溫，蓮蓬的清香口感，荷葉荷花淡淡的氣味、水波光影在槳櫓聲中蕩漾，入夜時分湖面漸漸暗下去的迷離，許多視覺、觸覺、聽覺、嗅覺、味覺的交替重疊，錯綜編織成回憶的恍惚。

距離玄武湖的荷花記憶四十年後，畫家的「霧荷」，或許像一千年前白居易驚人的句子：「花非花，霧非霧——」沒有人知道詩人究竟要說什麼，大霧瀰漫，光影迷離，「來如春夢」，所以不是夢，「去似朝雲」，所以也不是雲，存在與不存在，真實與恍惚，似近似遠，畫家霧中看荷，不是花，也不是霧，是畫家關於荷花的記憶，也是許多人關於荷花的記憶。

一九六〇年初，席慕蓉在師大美術系師承林玉山老師，玉山先生從日本膠彩畫出身，膠彩系統上溯唐宋宮廷院畫，用線條勾勒，礦石顏料加膠，在紙絹上層層敷染，兼具油畫與水墨的細線與色塊之美。唐代畫在金箔屏風上的工筆重彩富貴華麗，到了宋代，多了文人的淡雅，一帖南宋扇面冊頁，荷葉荷花在斗方尺寸間婉轉翻飛，是荷花主題登峰造極的美學顛峰。

席慕蓉〈霧荷〉

玉山先生的教學承襲宋院畫的「寫生」，也是席慕蓉一直遵奉的規範，她的回憶裡包括常常替林玉山老師寫生課準備各種花的素材，有時就是她北投家院子裡的許多當季花卉。

我認識席慕蓉是在一九八〇年初，她結束歐洲學業，與海北住在龍潭，我去她家造訪，簡單的民間老式黑瓦平房，中庭院落就養了一缸一缸的荷花，畫家早晚隨時寫生，勾勒葉片花瓣，荷梗葉脈，雨霧晨昏，荷花荷葉諸多變貌，畫家知道，這是一生的功課。創作的功課，常常是學院畢業才真正開始。

一九八三年我去東海創立美術系，席慕蓉是大力幫忙的一位。兼任老師鐘點費極微薄，當時東海兼任師資中有席慕蓉，有林之助，有劉其偉，有陳其茂，有王行恭，有楚戈，連沒有教職的陳庭詩也三不五時來系裡跟師生筆談，他們為美術教育投注的熱情我衷心難忘，衷心感激。

席慕蓉常說起一則笑話，為了趕時間到東海上課，從台北一路開車南下，超速被抓，警察問她「為何超速」？她羞赧回答：「為了上課。」警察板著臉教訓：「做老師還違規。」

我一直沒有機會對那一時代的這些老師們致意致敬，自己心中感恩，相信那時的學生也都永誌難忘，他們學到的不只是繪畫技巧，更是這些老師的生命風範與品格吧。

在東海的時間常有機會和席慕蓉、劉其偉、楚戈一起上山下海，借「寫生」之名，南下墾丁龍坑，北上太魯閣大山，月光下縱走立霧溪峽谷，半夜開車走南橫看野百合盛放。

而那時也常常聽到席慕蓉獨自一人到白河，在將破曉的荷花田畔等待黎明曙光，等待在畫布上抓住荷花亮起來的第一道光。

她說：白河的荷花是田，跟植物園的不一樣，可以走進去，仰著頭看荷葉荷花。

我們記憶著什麼？我們愛過什麼？我們眷戀過什麼？

一張畫裡有多少故事，自己知道，有緣人也會知道，如同一千年後我看見的一幅宋人荷花小品。

我們有許多關於荷花的記憶，一九八五年後我們常結伴去溫州街看臺靜農老師，說起在東海宿舍用大缸養荷花，是植物園的研究品種——胭脂雪，白色荷花葉尖帶一點胭脂紅。臺老師頗有興致，我就跟席慕蓉為臺先生準備了大缸，從陽明山運去有機土，找徐國士要了荷花苗，連續幾年春天，都記得用報紙包了雞糞，為臺老師院中的荷花施肥。

一九九〇年臺老師逝世前，席慕蓉擔心溫州街荷花無法盛開，就特別雇車送了一缸自己家盛放的荷花去臺家，讓臺老師病中觀賞。

最近十年席慕蓉繪畫詩作都轉到她關心的蒙古草原，荷花主題好像暫時停了。

雲門劇場有一個安靜角落，只展一件作品，展過吳耿禎的剪紙，展過洪幸芳的櫻花，五月五日將展出席慕蓉這幅〈霧荷〉，展出三個月，八月才會更換青年金工藝術家董承濂的〈宇宙之舞〉。

看多了羅浮宮、大都會一類浩大無邊無際的博物館，腰痠背痛，眼花撩亂，很珍惜能獨自坐在一個靜靜角落看一張畫的快樂。

〈霧荷〉在雲門展出三個月，正好是曼菲雕像的荷花池蓮荷盛開時節，看完畫，走去看荷花，可以遠遠聽到茄苳大樹間一段夏日光影迷離中的蟬聲喧譁。

四十年來家國
——懷念李雙澤

二〇一七年九月是李雙澤逝世四十周年。許多悼念和懷念的文字，許多媒體訪問、紀錄片拍攝都在上半年推出了。時隔四十年，台灣改變很大。能夠記得李雙澤的名字的，大概都有一定歲數了吧？

如果是年輕一代，二十歲、三十歲，李雙澤去世的時候，他們還沒有出生，他們會知道李雙澤嗎？他們應該知道李雙澤嗎？

二〇一七年十月，我和胡德夫做了一集訪問，談一九七〇年代的台北，談四十年前中山北路的哥倫比亞咖啡屋，談那個當年緊鄰美國大使館的搖滾樂餐廳，胡德夫在餐廳駐唱，理所當然，和一般歌手一樣，唱著當時美國流行的搖滾、鄉村歌曲，唱著巴布・狄倫。

然後大約是一九七六年吧，忽然一個人出現了——李雙澤。他也在餐廳駐唱，聽胡德夫唱歌，聽完歌，看著胡德夫，問他：「你是原住民？」（那個年代很少用「原住民」，我想雙澤用的或許是「山地人」。）

胡德夫的長相形貌看得出來，是很典型的台灣原住民。但是在一個唱美國歌曲的餐廳，不管從哪來，每一個歌手，漢族、美國人、菲律賓人，都唱美國流行歌，習以為常，並沒有人在意歌手是哪裡人。

胡德夫有點納悶，這突兀的問話有什麼意思呢？

他回答說：「是啊。」

李雙澤又問一句：「哪一族？」

「卑南族。」胡德夫說。

「那你可以唱一首卑南族的歌嗎？」李雙澤問。

四十年之後，胡德夫回憶這件事，彷彿依然充滿迷惘，好像當頭一記悶棍——

「為什麼要唱卑南族的歌？」

「為什麼要在一個唱美國歌的地方唱卑南族的歌？」

也許島嶼要用四十年的時間來思考李雙澤丟出來的問題。「我是誰？」「我渴望如何活出自己？」

胡德夫疑惑著，然而他想起了媽媽從小唱給他聽的歌。他彈起吉他，回想著母語的歌，一句一句，他唱了。他說：好熟悉的歌，又好陌生。

餐廳裡的人忽然都靜下來，在慣常聽美國歌的地方，沒有人懂卑南語，但是都專注地聽。唱完，大家歡呼，鼓掌，胡德夫說：好像畫家席德進還高興地跳起舞來了。

胡德夫認識了李雙澤，變成好朋友。

這些故事今天青年一代會知道嗎？這些故事青年一代會有興趣知道嗎？這些故事，應該讓今天青年一代知道嗎？

如同在陳映真走了以後，我常常想唸他的小說給青年們聽。〈我的弟弟康雄〉，「鄉村教師吳錦翔」，我一個人讀，讀出聲音，還是像小說裡那個自覺「愧疚」的姊姊，一面讀自殺了的弟弟的日記，一面哭啊哭得泣不成聲。

〈六月裡的玫瑰花〉，陳映真寫的正是那個年代的中山北路，美國大使館，許多酒吧，越戰來台灣度假的大兵，摟著瘦瘦小小的台灣女孩，那個年代有多少「原住民」少女被迫離開部落，在都會酒吧賺錢，用身體「安慰」著戰爭中焦慮恐懼瀕臨崩潰的美國大兵。

然後一年間，發生了許多事，淡江校園的李雙澤事件，在當時校園習以為常的美國熱門歌曲演唱會場，提出了可不可以「唱自己的歌」的呼籲。李雙澤在淡江大學附近跟一些青年實驗性過一種「公社」生活，那個地方叫「動物園」，可以望見大屯山，不遠是淡水河，好像常有雞鴨跑來跑去，各個不同科系的老師學生都串來串去，胡德夫、楊祖珺都是學生，我當時在建築系兼任一門課，也認識了李瑋民、林洲民，以及後來小說寫得極好從事社運的吳永毅。

因為就近，每次去淡江上課，大概都會繞到「動物園」，看雙澤唱歌，他正在寫〈美麗島〉〈少年中國〉、〈老鼓手〉，〈小朋友你知道嗎〉，在他一九七七年九月七日救人溺斃之前，他寫了十幾首歌，為他「唱自己的歌」做了具體的實踐。

然後，李雙澤死了，留下四十年來許多眾說紛紜的故事，沒有解釋，沒有辯白，沒有結論。

一九七七年我正在主編《雄獅雜誌》，也因此有機會整理李雙澤許多寫給朋友的信，對這個當時初識沒有多久的朋友有了更多了解。

李雙澤或許從來不是一個結論，隔了四十年，李雙澤對我來說是島嶼開始思考的起點。

〈美麗島〉引用了連橫《台灣通史》序裡的兩句話「篳路藍縷，以啟山林」，這首歌歌頌島嶼的海洋、土地、自然，許多人都喜歡。但是，李雙澤有一位好朋友莫那能，莫那能是排灣族的優秀詩人，他也聽〈美麗島〉，聽到「篳路藍縷，以啟山林」，他若有所思，他說：「你們漢族『篳路藍縷，以啟山林』，我們原住民就流離失所。」

這是四十年前的事了，李雙澤據說為此生氣，跟莫那能吵架鬥嘴，但是他們是好朋友，是熱血的哥兒們，李雙澤如果還活著，我想他會站在原住民那一邊，為原住民被蹂躪到不堪的部落土地抗爭。

是的，島嶼的價值不是結論，島嶼的價值是一直在思考自己、反省自己的過程。

蔣勳1977年寫下〈寄李雙澤〉長詩追憶故友，發表在《雄獅雜誌》（野火樂集提供）

隔了四十年，李雙澤或李雙澤那一代的青年，如果還有值得懷念的地方，如果還會被記憶，是因為他們面對自身的限制，不斷反省自己，也不斷修正自己吧。

李雙澤是菲律賓華僑，在台灣讀中學，他比那一代大多數青年有機會知道「什麼是殖民文化」，他也會比當時許多青年知道如何尊重少數與弱勢。

在他去世之後，整理他的信件，有些發表在《雄獅雜誌》上，看到他在紐約問自己：我在台灣唱巴布．狄倫，別人說：我是台灣的巴布，但是，我到了紐約，巴布的地盤，我是什麼？

李雙澤流浪去了西班牙，在文化獨特的加泰隆尼亞，與當地工人一起勞動，工作之餘，看美術館，畫畫，也到街頭觀察示威運動。

他回菲律賓，思考華人移民在殖民地的歷史，寫下了獲得吳濁流文學獎的《終戰的賠償》。

音樂、繪畫、文學，李雙澤被譽為「多才多藝」，但是，我想他只是一直想藉各種形式的語言思考自己、反省自己，和自己的限制對話，和自己的偏執對話，走出知識分子狹窄的世界，走到群眾之中，跟廣大的人群一起唱歌，歡呼出熱愛生活的歌聲。

李雙澤是獨派？還是統派？

四十年後，有一天，一個朋友忽然問我：「李雙澤如果今天還活著，你想，他是獨派？還是統派？」

我愣了一下，沒有回答，無法回答，因為從來沒有想過這個問題。

我不能替李雙澤回答，因為他生前也從來沒有給結論，他一直只是思考的起點。

島嶼何去何從？要這麼急於下結論嗎？要把自己的結論立刻強加在他人身上嗎？

記憶裡搜索一下，當時圍繞在雙澤唱歌的現場，可能有《夏潮》的主編蘇慶黎，也有當時在宜蘭為郭雨新選舉奮鬥的陳菊。他們都還年輕，各人有各人的信仰，但是當時一致的名稱是「黨外」，許多人解釋為「國民黨」之外，不，也許更正確的認識是「執政黨」之外，「威權」之外，「利益集團」之外。

如果不能回到「黨外」真正意義的原點，其實無從了解民主真正的核心價值吧。

李雙澤去世後，當年在一起唱歌的「朋友」走到不同的路上了。漫長的思考，漫長的反省，島嶼今天，有能力思考連橫《台灣通史》裡漢族的主觀意識，可以思辨「篳路藍縷，以啟山林」這樣動人的拓荒精神的歌頌，可能恰好忽略了另一個族群的受傷。的確，如莫那能所說：漢族「以啟山林」，原住民就開始「流離失所」。

四十年前，李雙澤和莫那能的對話，是不是仍然應該是今天島嶼青年思考和修正自身的起點？

二〇一七年，執政黨的教育部，決定拿掉教科書裡連橫的〈台灣通史序〉。如果這是為了彌補歷史對原住民的歧視，那麼，同樣在二〇一七年，我們不理解，為什麼，此時此刻，就在凱達格蘭大道呼籲「部落完整」的原住民運動，已經長達近三百天，卻仍然得不到執政黨回應？原住民的「領域完整」的呼聲還是如此被漠視？

同一個執政黨，在教育裡反省了漢族移民的剝削史實，為什麼不面對當前原住民的領域完整的正義轉型要求？

島嶼的「執政黨」，能不能思考自己「言」與「行」之間的荒謬矛盾？

馬躍比吼、那布、巴奈，在凱道上長達將近三百天的運動，我相信將是島嶼歷史上最和平、最有意義、最引人深思的運動。他們露宿街頭，不占領立法院，不為了自身政治利益，用最安靜的方法邀請各方面的人士，上課、演說，省視島嶼歷史，省視原住民四百年來被各個階段移民摧毀蹂躪的事實。他們唱歌、畫畫，提醒今天的部落仍然如何受財團政客的覬覦，傳統領域破碎，土地河流汙染，山被挖空，青年一代仍然「流離失所」。

這是李雙澤與莫那能對話的內容，是四十年前的事了，島嶼已經從一個「執政黨」到了另一個「執政黨」，許多當年的「黨外」，已經成為新的「執政黨」核心，然而，島嶼仍然有「流離失所」的人，勞工、移民、低收入青年、偏鄉兒童、沒有長照醫護的老人、殘障者、遊民、社會的邊緣人，「執政黨」會和誰站在一起？執政者「謙卑」的真正意義是什麼？

李雙澤的歌聲已經不是這一代青年的歌聲了，四十年過去，島嶼應該有新的歌聲，也許是莫那能的聲音，也許是巴奈的聲音，也許是那布像山林野獸被獵殺的憤怒吼叫，每次聽到，我都在想，這是李雙澤最想聽到的島嶼的聲音吧。

多年前，陳菊到北京，看到報導，她要求到「統派」的蘇慶黎靈前致意，她們曾經共同是「黨外」，那是「人」的原點，也是李雙澤時代許多人努力的核心價值吧。

修阿羅漢

——選舉美學

即使你很不關心選舉，不看電視，不看報紙，你還是很快就知道：選舉快到了。

一出門，看到門口一幅兩人高的巨大人像看板，同行的朋友好像看到鬼，才吐完舌頭，轉個彎，又是一幅同樣巨大的看板，還是同一個人，盈盈笑著，上面印著一行字：我一直在這裡。我的朋友叫了一聲：「我的媽啊！他一直在這裡做什麼？」

我想了一下，這個人其實並沒有一直在這裡。我搬來這裡快四十年了，緊靠河岸一排五層樓的平民公寓，附近沒有其他建築，有的只是幾家鐵皮屋，以服務墓葬的石雕工廠，刻墓碑，營造墳塋，製作骨灰罈。連現在交通繁忙的大橋都還沒有修建，過河從「縣」到「市」，只有搭渡船。

我很享受那時的偏鄉感覺，朋友笑我，「住在跟四十萬個墳塚為伍的山坳裡」。其實不止，因為除了墳塚，土地取得愈來愈難，近四十年，渡船上從原來喇叭嗩吶敲鑼打鼓運送棺木，慢慢就只看到家屬捧著骨灰罈，一路談笑上山。山上也多了很多靈骨塔，夜晚七彩霓虹閃耀，十分華麗熱鬧，何止四十萬。

我的「偏鄉」很快就失去了原來依山傍水、交通不便的幽靜寧謐，有了大橋之後，山水間一棟一棟大樓快速興建，居民湧進來，河邊建了自行車道，有了咖啡屋，發生了謀財害命慘案。

兩具屍體在傍晚隨潮水漂回到咖啡屋前，停在小小的土地公福德祠前，警察把咖啡屋用黃色塑膠條帶圍起來，「閒人勿近」，警示居民不可靠近。電視公司大舉出動，一連拍了好幾天，從咖啡下藥、搬運屍體，到屍體如何隨晚潮歸來，歷歷如繪，好像拍連續劇，劇情日日更換，隨檢調單位公布的線索發展。附近鄰居或做三明治，或煮紅茶加奶，或賣茶葉蛋，也意外發了一筆小財。

憂鬱的作家來作客，告訴我這裡有四十萬個墳塚，陰陽交界。他指著我說：「住在這裡，不容易啊……」

究竟什麼不容易，他始終不透露，我也一直不明白。

多年來習慣在河邊晨昏散步，也習慣路過福德祠就合十敬拜，總會想到那兩具屍體，為什麼會隨晚潮回來，停泊在神祠前，彷彿有話要說。

或許，一直真正在這裡的，其實是那四十萬個新新舊舊的墳塚吧。

但是我的朋友關心的是這些巨大的看板，他問：「要選舉了？」

「大概吧？」我事實上不確定，因為並不關心。

「什麼時候？」

「不知道欸……」

他聳聳肩，一副無可奈何的樣子。

朋友是搞設計的，他當然在意視覺，他說：「沒有一個地方選舉這麼醜。」

「在日本，選舉廣告是要限制大小的。」他補充了一句。

我沒有特別研究，不敢表示意見。但回想起來，好像法國選舉也沒有製作這麼大的廣告看板。

我不敢打擊我的朋友，事實上，我剛去過南部一個城市，那裡選舉的廣告看板更是誇張，常常一棟十層大樓，三邊都是一個選舉人的頭像。十層樓高，尺寸比納粹時期的希特勒照片還要大，與文革時期最誇張領袖意識時代毛澤東的照片略有可拚。

為什麼選舉要做這麼巨大的人像照片廣告？

因為候選人是選民陌生的嗎？

大部分的照片很難看，戴眼鏡做淑女狀的；伸出手要握，表示異常誠懇的；與小孩合照表示親民和藹的；也有帶著寵物的，或許藉此表達關懷生命吧。我很同情搞設計的朋友，他常常強調簡單、素淨，看到琳瑯滿目五彩繽紛的這樣多選舉廣告，彷彿每一張照片都拚了命要被看到。走在南部的幾個城市街道，我便心裡祈求，這搞設計有潔癖的朋友最好選舉前別南下。

左走右走，其實都逃不過這些巨大頭像可怕的夢魘。

我突然想，這樣巨幅的頭像，要花費驚人的廣告費用吧。而這樣一砸下去就是上千萬、上億起跳的競選費用從哪裡來？這些費用花下去了，不管當選不當選，又要如何賺回這些費用？

我對政治不了解，對選舉無知，但是，這樣的競選邏輯，是什麼政黨政治操控運作的結果？這便是我們自以為進步的「民主」本質嗎？

「民主」如果是這樣花大錢競選，這樣的「民主」與小市民何干？與低層在生活溫飽邊緣的人何干？

這樣花錢動輒上億的選舉，競選者的心態是什麼？口口聲聲選民的利益真的只掛在嘴邊嗎？還是背後企業金主的黑手將永遠操控一個城市的「民主」？所以這些看起來如此鄙俗虛偽的臉孔，也只是企業黑手伸進政治權力結構的傀儡？

左走右走，走不出可怕的夢魘。

我們可以期待島嶼有更美一點的選舉嗎？

修須陀洹修阿羅漢

早上起床要讀一遍《金剛經》，但是，如此還是不能讓自己從醜的噩夢裡無所畏懼、無所罣礙嗎？

我知道自己修行得不徹底。

很長一段時間關注佛教傳入中土以後發展出來的造像歷史，最初是禮佛，三世諸佛的像，莊嚴無畏，很讓人敬仰。

到了唐代，菩薩的像顯然有了更重要的發展。以敦煌的泥塑彩繪菩薩像來看，華美優雅，貴氣裡又帶著一點慈悲，大概是中土人像藝術最高的美學典範。

到了宋以後，菩薩的貴氣少了，更平凡、更入世。四川大足石窟的造像常常是庶民百姓，覺得是左鄰右坊的媽媽突然跑出來餵雞了。

佛教造像在中土的演變過程，像是一步一步從雲端走下來的神，從高不可攀的權威帝王，到貴族的優雅，再下降到人間平民百姓的庶民的親近平凡。

還有可以更下降的地方嗎？

如果修行是一步一步去除自己的傲慢驕貴之氣，讀《金剛經》，或走在街頭看芸芸眾生，包括讓我的朋友像看到鬼一樣驚叫起來的競選廣告，我的內在，還有可以去除的驕氣嗎？

每天讀《金剛經》，常常遇到不同的修行難題，一段時間，總停在「須陀洹」、「斯陀含」、「阿那含」幾個名稱上。

是老師跟學生的對話，老師問學生，我做到「須陀洹」，我應該停在「須陀洹」嗎？

學生回答：不，「須陀洹」名為「入流」，而無所入，不入色、聲、香、味、觸、法，是名須陀洹。

不看、不聽、不嗅、不嘗、不觸、不思惟，這有點像我視覺上有潔癖的朋友了。

須陀洹是修行的第一階初果，老師和學生的對話似乎是說：修行到如此，卻不可以停留在這裡，因為後面還要修二果、三果、四果。

斯陀含名為「一往來」，而實無往來。

阿那含名為「不來」，而實無不來。

每一次的修行，都只是讓自己知道修行中放不下的執著嗎？

每一次的修行，都只是讓自己不停止修行嗎？

「實無有法名阿羅漢——」

一直到第四果位的阿羅漢，仍然是修行漫長路上的一個階段，卻仍然是不應該停留的階段嗎？

我想起了明清以後在中土民間盛行起來的羅漢像。多到五百羅漢，各個如街頭小市民，掃地的、罵人的、嘻笑的、嗔怒的、抓背撓癢的、摳鼻捏腳的、憂鬱自閉的、遊戲人間的、涕泗橫流的、洋洋自得的、富貴的、貧賤的……

修行最後回到了芸芸眾生，原來每個人有每個人修行的路，靠掃地修行，靠罵人修行，可以都用「修行」來靜觀嗎？像我此刻看著琳瑯滿目的競選廣告，如仙如鬼，或許也都在修行途中吧？

我最喜歡五代時西蜀的畫僧貫休畫的羅漢圖，原作大概不傳了。留在人間有各式各樣的摹本、仿作、石刻拓本。日本宮內廳藏的一套大概是北宋初年的摹作，可能最接近原作精神。

這些羅漢長相怪異，凸鼻凹眼，表情也極為誇張，常常讓我想到比貫休晚五百多年、歐洲怪誕造型的宗教畫家波希（Hieronymus Bosch）。波希的〈人間樂園〉用宗教戒律看人世間各種慾望人性的變調，他靜觀喜怒哀樂，都是悲憫。貫休也如此，用佛教的阿羅漢，寫人間各種相貌，可憎可愛，都只是修行的鏡中幻象吧？

貫休在文化史上創了羅漢一格，他說是「夢中得來」，可以寫「夢中所

北宋摹貫休羅漢像

北宋摹貫休苦讀經文羅漢

見」，回到現實，看芸芸眾生的喜怒，也就可以啼笑皆非了吧。

這些羅漢吐舌瞪目，嗔怪駭異，其實比今日街頭的競選廣告更要多采多姿，只是沒有貫休，少了美學上的悲憫，難免膚淺，也就難發人深省了。

羅漢，從十六發展成十八，再快速擴大為五百，顯然，民間的修行有自己的途徑，在街頭煮好一碗擔仔麵，在交流道賣二十元一束的玉蘭花，黃昏挨家挨戶收垃圾，都像羅漢應真。有一次夜晚去某報社，一群編輯，趴在桌上看或好或壞的文稿，愁眉苦臉，真像貫休筆下苦讀經文的羅漢，一時會心一笑。

想到街頭醜到爆的競選廣告，想到氣憤說「看到鬼」的朋友，彷彿都可以入貫休畫中了。

池上穀倉
——池上藝術館

二〇一四年十月下旬，台灣好基金會柯文昌先生推動池上藝術家駐村計畫，我應邀成為第一位駐村藝術家。

住進池上，我認識的不只是池上，也可能是台灣目前大多數傳統農村共同的現象吧。

池上是典型傳統農村，學校教育最高只到國中，國中畢業就必須外出升學。池上在最熱鬧的中山路只有一家老書店——池上書局。在池上散步，從我住的大埔村，走到福原村，看到一間廢棄許久的五洲戲院，放映電影的看板廣告是《八百壯士》，演員有林青霞、柯俊雄、張艾嘉、徐楓，上網查了一下，《八百壯士》是一九七五年的電影。

匆匆四十年過去，台灣的農村剩下廢棄的戲院，使人直覺一種沒落和停滯。

池上，這個傳統農業鄉鎮，文化發展也會像這間停演很久的戲院嗎？停在四十年前。

四十年過去，台灣的都會改變很大，到了二十一世紀，農業也都已經現代化、機械化，池上除了一間最高教育的國中，除了一間書局，一間關門的戲院，還能有其他的文化追求和嚮往嗎？

許多人到池上，認識池上的有機農業，認識池上的美麗風景，讚美池上的淳樸，池上居民也有強烈的社區公民意識，但是，住了一年、兩年，我還是在想：傳統的農村可以增加什麼文化的空間？

二〇一六年五月我總結兩年的駐村，開了畫展，池上農民熱情，運來一車一車的稻稈，替我裝飾展場。嗅聞著空間裡滿滿的稻草香，感覺到池上人的誠摯，更會不斷思考：池上下一步，除了優質的農業，還可以做什麼？

陸續來的駐村藝術家，帶來了不同的創作視野，曾永玲開了金屬工藝的工作坊，李貞慧教授了膠彩畫，魯漢平與池上書法的朋友交流，阿美族藝術家Lafin，和妻子Heidi開辦木刻工坊，舊金山回來的董承濂在池上國中介紹他如何利用磁懸浮讓金屬飛在空中旋轉。我看到瞪大眼睛的農村青少年，透露出他們對新科技與新藝術前衛的驚嘆。

有優質農業的基礎，池上也一定會發展出優質的文化吧。

穀倉和梁正賢

到池上之後，得到池上人許多關心和幫助。特別是一些農民朋友，像張天助、梁正賢，他們是半世紀雙腳踏在大地泥土裡的農民，勞動、儉樸、誠懇、務實，我從他們身上學習很多。知道自己半世紀在學校，認識的多是知識分子，知道自己的局限，知道自己的「四體不勤，五穀不分」。可以在這個年齡從頭學習，跟真正土地裡勞動的人學習踏實生活。

二〇一五年春天，住進池上幾個月後，每天在寬闊的自然裡走路，視野好大，一邊是海岸山脈，一邊是中央山脈，風景完整而不瑣碎。這樣的風景讓人很想處理寬闊的大畫面。我在八里的畫室不大，在池上大埔村的畫室也不大，畫到一百五十號的風景，往往距離就不夠，有時候趁天晴，把畫搬到院子看，空間拉開，才看得出構圖上的問題。

我跟負責執行駐村計畫的徐璐反應，她是解決問題的人，立刻著手找大的空間。她問到她最敬重的梁正賢大哥，梁大哥立刻說有一處閒置的老穀倉可以給我用。

我去了穀倉，就在梁家中山路多力米後方，西邊緊鄰火車道，不時聽到南來北往的火車。

穀倉南北長約三十公尺，東西寬十三公尺，西側是一卡車過重的地磅，二〇〇一年設立，使用機械秤重，載滿稻米的卡車在此過磅，一卡車秤重五十公噸。

這老穀倉是在一九五八年由梁正賢的祖父梁火照先生興建，做為稻米倉儲，最初沒有機械運輸，都由人力搬運，手動過磅，一麻袋稻米是九十公斤，秤好後，人工搬到屋頂橫梁高處，再往下倒。

六十年歷史的老穀倉，曾經儲存一代一代藉以吃飽的稻米，空間裡好像還瀰漫著六十年來米穀的溫暖氣息。我何其幸運，要在這樣的氣味記憶裡畫畫。

我喜歡這種老式倉儲實用空間，屋頂高，通風好，大片牆面，完整沒有間隔。

進去以後，因為太久沒有使用，有一點潮濕霉味，使我想起池上的磚窯廠，想起廢棄的五洲戲院，想起許多閒置空間，都有這淡淡的潮濕霉味，好像在抑鬱中等待人們來拂掃清理，重新使用。

穀倉空曠的空間使我吸了一口氣，哇，這樣大的空間要畫怎樣的畫呢？有點興奮，卻又忽然有點不安起來。

我跟徐璐說：「這麼大，我一個人用，好可惜。」

忽然想到：池上不是應該有個藝術館嗎？穀倉，可以是藝術館嗎？

「不要做我的畫室，應該做藝術館。」我跟徐璐說：「以後許多藝術家來，留下作品，需要展示，駐村計畫的成果可以跟在地居民有對話的窗口。」

我相信這是台灣好基金會最初創立的初衷，我相信這是最初提出駐村計畫的柯文昌先生的理想，我相信這是贊助駐村計畫的復華投信杜俊雄先生所樂於見到的結果吧。

徐璐是執行的人，她也立刻了解這個老穀倉變成藝術館對池上居民的重要。

我們有很好的因緣，因為我們心裡都在想：穀倉產權的擁有者梁正賢大哥一定也樂於這樣構想的完成吧。

因此，我少了一間畫室，池上多了一間藝術館。

陳冠華、大直設計團隊、元智大學藝設系

梁正賢很快決定提供老穀倉做池上藝術館，並且提供建造的費用。

接下來的問題是設計，六十年的老穀倉，如何轉型成為藝術館？

我和徐璐都有共識，並不贊成台灣總是拆老房子，再請一個明星設計師紙上畫圖，蓋一個與在地文化無關的建築。島嶼老房子不斷被拆除，不斷誇耀外來的建築明星，居民的記憶被抹殺，沒有記憶，沒有過去，「愛台灣」變成空洞口號。

我認識陳冠華很久，從他在逢甲讀建築系時期就開始，他對文學、音樂、各類藝術都有廣泛關心，也一直相信建築和居民，建築和在地文化，建

上｜六十年歷史的池上老穀倉改建前外觀

下｜設計團隊尋找記憶，在穀倉牆面按年代貼上老照片

築和生活不可分的關係。

大學後陳冠華去奧勒岡深造，受西岸亞歷山大學派影響，強調建築與在地居民社區生活的關聯，在設計之前必須有長時間對社區歷史文化全面的了解，用有機的方式使新建築與舊社區產生互動與對話。

回台灣後，除了在大學教書，他帶領學生上山下海認識島嶼的歷史、生態、文化，近二、三十年，他在東部海岸設計建造了一棟一棟低造價、使用當地材料、與環境生態結合的房子，他與島嶼建築炒地皮式的建築習氣背道而行，低調，不奢華，反明星式的虛誇，近兩三年，他在東部的設計成果，受到日本東京大學建築學者的注意，對他多年堅持的建築美學有報導，也有研討會。

我建議了陳冠華和他的團隊來主持穀倉改建，二〇一五年五月，他就帶領元智大學藝設系學生、大直設計團隊，許多對老社區有熱情的青年住進池上，開始他們的社區作業。

設計，特別是建築設計，可不可能不是一個人在紙上的自我表現。藝設系學生和大直團隊，從二〇一五年五月二日在池上辦了第一場「圖章彩繪穀倉」，和當地居民一起，重新認識一棟老建築，六十年歷史的老建築，一九八六年以後就逐漸停用了，廢棄了三十年，附近的居民還能喚起回憶嗎？曾經每個月拿糧票在這裡領米，曾經扛著九十公斤的麻袋爬上高架桁梁，曾經一輛一輛卡車的稻米在此過磅，六十年過去，穀倉會留下什麼樣的記憶？

元智藝設系學生、大直團隊的年輕朋友，認識當地居民，聆聽當地居民，記錄居民生活的點點滴滴，像拼圖一樣，慢慢拼出穀倉的記憶，許多老照片被找到，居民的臉被拍照，貼圖在穀倉上。負責設計的團隊，在動手繪圖改建之前，長達一年間，做好認識社區的功課，為了與居民互動，持續辦了好幾次與居民的對話，「彩繪T-shirt」，「照片回顧展」，「穀倉音樂會」，設計團隊努力讓居民回到穀倉，在曾經熟悉的空間相聚，回憶六十年來的故事。穀倉曾經是多麼重要的島嶼記憶，曾經是富有的記憶，溫飽的記憶，如今廢棄不用了，這個荒廢的空間還可能復活嗎？還可能在地方居民溫飽之餘給予更多精神或心靈的富足嗎？

元智大學藝設系學生與大直團隊，許多年輕人，在池上駐村九個月，一次一次的溝通、對話，九個月後，有一天走在入夜的池上田野，陳冠華跟我說：「我向居民保證，他們記得的，我都會留著。」

設計模型完成了，陳冠華帶到穀倉現場，讓所有多次參與的居民發表意見。

池上的穀倉——大家的藝術館

經過一整年的施工，二〇一七年十二月九日，穀倉藝術館開幕祈福，梁正賢請來主祭原住民頭目林阿貴，他說，這個穀倉以前的使用者，百分之八十是原住民，應該以原住民的祈福開幕，我忽然想到許多原住民的朋友名字叫「巴奈」——稻穗。我看了祈福的主祭宣告：「天上的神，大地之母，我們遠古至今的祖靈，請允許我們召喚祈求你們的降臨——」這樣的宣告，是召喚天地山川，是召喚祖先，一起參與美的盛宴。

從小參與很多慶典，祈福的內容很少是召喚天地山川的祝福，原住民的

右上｜藝術館保存舊穀倉的桁梁加入新鋼鐵結構

右下｜池上穀倉藝術館落成外觀

左｜透過池上穀倉藝術館圓窗，可看到蔣勳捐贈作品〈山醒來了〉

部落傳統，一直與大自然息息相關，他們生活在山脈海洋大地之中，單純樸實，天地山川遠比「國家」重要，祖靈的祝福也當然比「政治人物」重要。

這一篇由原住民頭目主祭的祈福文，或許是島嶼最應該珍惜的精神吧。

沒有任何官方資助，六十年的老穀倉，由農民梁正賢提供，由民間設計團隊參與完成，這是島嶼歷史上真正蘊含的文化力量吧。

覺得很驕傲，只有池上做到這樣的改建，從大家的穀倉到大家的藝術館，比所有的繁華都會的藝術館更簡樸大方，乾乾淨淨，沒有瑣碎虛誇的裝飾，原來木結構、土磚結構的牆面桁梁都留著，和現代的鑄鐵、玻璃結合成新舊和諧的造型，黑瓦斜屋頂，開闊的長廊，可以透過圓窗，讓路人看到藝術館內部的展示畫作，這是一個強調與居民互動的藝術館，仍然保持著老穀倉的溫度與幸福感，不疏離，也不高高在上，這所穀倉藝術館，提供了島嶼舊建築轉型的美學方向，將在島嶼的歷史上寫下新的一頁吧。

許多藝術家參與開幕的首展，席慕蓉、林銓居、李貞慧、曾永玲、連明仁、拉飛—邵馬、葉海地、董承濂、簡翊洪、鍾舜文，大家共襄盛舉，為穀倉藝術館的成功祝賀，為梁正賢與陳冠華團隊的合作喝采。

池上有屬於大家的穀倉，池上也有屬於大家的藝術館。

參與穀倉藝術館開幕，我很想跟著主祭頭目大聲念出：「天上的神，大地之母，我們遠古至今的祖靈，請允許我們召喚祈求你們的降臨——」

落了片白茫茫大地真乾淨

——《紅樓夢》的結局

偏見與偏見之間

三十年前講《紅樓夢》，高雄講一次，台北講一次，各講了四年，都只講八十回。對象是各行各業愛《紅樓夢》的大眾，像讀書會，我隨興講閱讀心得，沒有什麼章法。有人錄了音，事隔三十年，網上流傳，未經校訂，已經無法控制。

當時為閱讀方便，我推薦藝文印書館依據上海戚蓼生評注的本子，六冊一函，藍布線裝，很典雅，一共兩函。這個本子八十回，原名是《石頭記》。

那個年代，大眾閱讀少見手工線裝書。學生說，回到家裡，「歪」在床上，手中一冊藍布線裝書，常常把下班回家的先生嚇一大跳。

我覺得小說就是小說，跟「手工」、「線裝」沒有必然關係，主要是要好看。不好看，故作「古典」，還是不會好看。小說被大眾喜愛，純粹興趣，不是作論文，拿學位，還是不要嚇人的好。

聽到學生敘述她先生如何被線裝《石頭記》嚇到，覺得抱歉，因此又推薦了一九八二年馮其庸領導團隊校勘整理的一百二十回本《紅樓夢》。石印本《石頭記》八十回，這個本子一百二十回，故事完整，校訂注解詳細。書前有插圖，是近代畫家繪作，不及清代改琦（一七七三～一八二八）畫得古雅。敷彩濃豔，造型寫實，已受西畫影響，對大眾來說，也還賞心悅目。

馮其庸的本子參證世界各地手抄本、木刻本，「校記」、「注釋」工作詳盡，是很好的入門書，我以為至今仍無他本可比。

石頭與絳珠草（《紅樓夢圖詠》）

這個版本也有它的「偏見」，到了後四十回，顯然不太承認是作者原稿，因此常常在每回的結尾加上「說明」，評比前八十回和後四十回的不同。

例如，讀到第一百零二回〈大觀園符水驅妖孽〉，「說明」指出：「原作和續作對於鬼神迷信的描寫都占有篇幅，但是前後兩者卻有所不同。曹雪芹筆下關於鬼神迷信的描寫，用的是虛筆，似有似無。」

他接著批評後四十回：「鬼神迷信的描寫，降低了作品的藝術性。」意思是說，後四十回鬼神的描寫少了「似有似無」的韻致。

馮其庸講的「似有似無」，是原作精采之處。例如，第十三回，秦可卿死亡前曾託夢給王熙鳳，預告家族未來，這到底是秦可卿的鬼魂，還是王熙鳳的夢境？作者留了空間讓讀者想像，「似有似無」，耐人尋味。

馮的「說明」不斷指出前八十回與後四十回寫作風格的不同，這個版本的「校記」、「注釋」、「說明」，是幫助讀者評比前八十回與後四十回很好的佐證。

馮其庸一生考訂《石頭記》，評比各種版本。他的結論很清楚，後四十回文學性、藝術性流失，他逐回比對，指出某些人物性格前後的不統一，像賈寶玉、林黛玉，喪失了前八十回的「叛逆」，明顯向世俗妥協。

我用了「偏見」二字，因為後四十回的真偽至今眾說紛紜，一定要說誰對誰錯，不如先用「偏見」二字看待。我自己也有「偏見」，「偏見」要等有足夠強的理由出現，才能修正。

所以介紹馮其庸的校釋本子，也常常提醒讀者，這裡面可能有馮的「偏見」，閱讀時小心判斷，多參證不同說法，也就不會受「偏見」牽制。

「偏見」人人都有，本來也不嚴重。一個還沒有結論的現象，太早下定論，讓讀者沒有轉圜思考空間，「偏見」才可能變得嚴重。

上個世紀七〇年代，圍繞黃公望〈富春山居圖〉，有過世界華文學者美術史的大論戰。

黃公望晚年傑作〈富春山居圖〉，明代就成為傳

黃公望〈剩山圖〉（浙江省博物館藏）

奇，沈周收藏過，被詐騙掉包，董其昌收藏過，在隔水寫了「吾師乎，吾師乎……」，奉為神品。明末，董其昌家敗，〈富春山居〉流到吳問卿手中。問卿一生沒有家室，把一張畫當成愛人，亡國之後，畫卷帶在身邊，「以臥以遊」。臨死前，問卿命姪兒火殉，燒了這曠世名作。這張畫因此燒成兩段，前段在浙江博物館，後段完整在台北故宮。

這是大家熟知的故事，除了畫作本身，又多了許多故事性。名作加上傳奇，到了乾隆皇帝即位，這人是愛熱鬧的個性，當然非要收藏這卷子不可。皇帝愛熱鬧，就有人附和。乾隆十年，有人進呈〈富春山居圖〉，乾隆當然高興極了，重金購買。收藏到名作，大顯身手，在卷子上又蓋章又題詩，大書特書。這卷子叫「子明卷」，就在台北故宮，畫面所有留白都寫滿了字、蓋滿了章，慘不忍睹。人不知謙卑，是滿可怕的。

「子明」確有其人，是黃公望的朋友，一起遊山玩水，喝茶下棋，製作假畫的人下了工夫，研究黃公望生平交遊，硬生生做出一個假黃公望。

「子明卷」的〈富春山居〉被乾隆收藏不到一年，真本就出現了。真本是黃公望晚年送給師弟「無用」的，上面有黃公望落款，有「無用師」的名字。

這兩張卷子都在台北故宮，並排擺在一起展過。「子明卷」規矩嚴謹，筆法工整，因為要模仿，比黃公望還像黃公望。但是「無用師卷」大氣渾成，隨意處信筆塗抹，對創作者而言，看到這樣的作品只能說「過癮」。可以想像董其昌多麼激動，在卷上寫「吾師乎，吾師乎」，他是愛說理論的人，這時彷彿也只有歡喜讚嘆。

一直到上個世紀，「子明卷」、「無用師卷」還在爭議，未有定論。

記得當年論戰時，我還是學生，故宮莊嚴老師、李霖燦老師都拿來上課，也調出兩個卷子當場讓我們比較。

那時徐復觀先生在東海授課，他是大家尊敬的學者，中國藝術精神的論著對時人甚有啟發。徐先生在這場論戰中獨排眾議，大唱反調，一口咬定「子明卷」是真，「無用師卷」是偽。

創作的人大概都看得出兩個卷子的差異，莊嚴先生是淡泊文人，他總是咬著菸斗，微微笑著，彷彿欣賞一種花，聽學生做報告，聽學生激昂批判徐先生的論點，莊老師聽完，徐徐吐煙，說了一句：「人都有偏見。」

自己年紀大了，很懷念當時在莊先生家上課，來了臺靜農老師，來了孔德成先生，喝酒閒聊，雲淡風輕。

《紅樓夢》的問題和〈富春山居〉很相似，不同觀點都還在發展，急於下結論，莫如看看別人偏見，也看自己偏見，雲淡風輕。

高雄四年的上課錄音，講得很細，也是第一次把小說裡許多小人物挑出來，做單篇論述，也就是近幾年寫《微塵眾》的雛形。像薛蟠，這個看起來不學無術、粗魯鄙俗被寵溺壞了的富家少年，小說一出場就打死人（馮淵），硬搶別人未婚妻（香菱）。《紅樓夢》在前八十回裡寫最不堪、最鄙俗的人物，寫他們的愚昧無知，寫他們慾望上的貪嗔癡，可恨可愛，卻從沒有對人性全然的否定。《紅樓夢》對我而言是一部佛經，作者從繁華到沒落，他對一切看得透徹，「一切有為法，如夢幻泡影，如露亦如電……」了悟生命本質絕對虛幻，對人世愛恨還會有分別執著嗎？

我用這樣的心境讀前八十回，讀許多微塵眾生的卑微與莊嚴，我也用這樣的方法讀後四十回，讀到薛蟠又在酒樓上打死了人，關在牢裡，薛蝌努力張羅，設法營救。薛蟠的妻子夏金桂和丫頭寶蟾，想方設法，誘惑薛蝌。一直到一百零三回死亡，夏金桂在續寫的部分始終是一個一無救贖可能的「壞女人」，淫慾、卑劣、殘酷、刻薄、慳吝、惹是生非，每天鬧到雞飛狗跳，最後還給香菱下毒。她的壞，這樣直接，她的壞，壞到讓人憎惡討厭。一旦警覺到心中生「憎惡」，我可能才恍然大悟，為什麼前八十回中沒有一個人物使我「憎惡討厭」？閱讀後四十回時，為什麼如張愛玲所說「人物面目可憎」起來了。

現實裡有沒有夏金桂這樣卑劣到不堪的人？當然有。

但是，《石頭記》前八十回，為何從不這樣寫一個人物？為什麼前八十回最惡質的生命，像倪二，像馬道婆，像趙姨娘，像夏婆子，他們只是讓作者覺得愚昧，愚昧寫完，作者對人的愚昧卻有不忍。常笑別人蠢，通常大概自己的生命不會高明到哪兒去。

「無明」是愚昧，然而眾生都在「無明」中，一個好的創作者不會輕易嘲笑愚昧，指責「無明」，而是可能在愚昧者的身上領悟到自己的五十步笑百步吧。

一百零五回〈錦衣軍查抄寧國府〉是全書重要的一回，錦衣府趙全趙堂官猙獰嘴臉，得意忘形，抓到一點別人把柄，即刻就要生事，沾沾自喜，張揚誇大。續作者刻意安排北靜王出現，在抄家的危局中護佑賈府，趙全聽說北靜王到了，不能放肆，說了一句：「我好晦氣，碰著這個酸王！」

人世間的鬥爭如此殘酷難堪，小人嘴臉，作者一定也都看多了，在家族落難時，如何被侮辱欺凌，如何被小人落井下石，這些，作者比任何人都更清楚。抄家一段，寫小人之壞，卻少了經歷大劫難者心境上無限的蒼涼。大劫難的經歷，讓一個生命看著眼前小人嘴臉，看到的不是恨，而是徹底領悟：啊，原來小人長這個樣子……

小人的樣子，或許恰是每一個眾生都可能有的樣子。作者細細描述，不是讓讀者討厭這個人，而是很深的自省，很深的悲憫吧。

楊絳過世，我很懷念多年前在她北京家中閒談，她的臉上總是微笑著，如此溫暖，如此寬容，然而我們都知道她受過多麼大的侮辱折磨，在文革時如何被小人鬥爭。

經歷巨大的劫難，哪一種嗔怒不能放下？哪一種眷愛不能放下？

夏金桂（《紅樓夢圖詠》）

錦衣軍查抄寧國府（《紅樓夢圖詠》）

賈寶玉何等厭惡趙姨娘，賈寶玉何等眷愛林黛玉，然而，到了抄家，一百回之後，我總覺得彷彿看到寶玉端坐，在趙姨娘、林黛玉之間，無嗔，也無愛。

「如我昔為歌利王割截身體⋯⋯」

上說的是身體在被割截肢解時，領悟了「無我相」、「無眾生相」，在那個痛徹心扉的時刻，若還有我，「應生嗔恨」。

或許後四十回的真偽問題永遠不會解開，後四十回的「補」，「補」到什麼程度？全部改寫？還是依據真實殘稿的修正？其實是關鍵所在，可惜兩極的對立，只有「全部真」、「全部假」兩個死路，更不能逐一在後四十回裡找到兩極對立之間可能的中間地帶。許多宋畫，過去真偽的討論也只有「真」、「假」，但是也有人提出，一張郭熙原作，可能在元明清三代經後代大畫家「補筆」，這時「補」和「原作」就可能同時並存在一張畫中了。

過去講《紅樓夢》從不涉及後四十回，有一部分是想避開考證，我有偏見，文學美學到了要「考證」，瑣瑣碎碎，有點殺風景。我還是喜歡原作者開宗明義的一句話——「假作真時真亦假」，像早已預知後世繁繁瑣瑣的糾纏，作者留下了一句這麼不合邏輯的「偈」，何為真？何為假？作者讓眾生在糾纏無明時跳脫一下執著，可以了悟解脫。

其他領域的切入

文學領域談《紅樓夢》，有時因為身在其中，「不識廬山真面目」，有看不到真相的限制。

這幾年看了一些不同領域作者對《紅樓夢》前八十回與後四十回的討論，覺得有趣，跳脫自己的障礙，用另一個窗口看風景，有豁然開朗的領悟。

潘富俊先生出版了《紅樓夢植物圖鑑》，潘先生是植物學專業，他把《紅樓夢》分成三部分，每四十回一組，挑出各回談到的植物。他做了統計，結論有趣：第一個四十回，每回出現的植物平均是一一．二種；第二個四十回，平均是一〇．七種，相差不大。

但是，到第三個四十回，也就是許多人讀起來覺得怪怪的後四十回，每回出現的植物平均值銳減為三．八種。

這會是偶然的現象嗎？

一個作者，有豐富的植物經驗，書寫植物，描述植物，植物變成人物的象徵隱喻，為什麼寶釵是牡丹？為什麼黛玉是芙蓉？為什麼麝月抽出了荼蘼？為什麼怡紅院是芭蕉與海棠？為什麼瀟湘館是淚痕斑斑的湘妃竹？為什麼蘅蕪院是攀藤類的杜蘅、蘼蕪？

植物在前八十回占如此重要的篇幅，但是，潘先生丟給大家一個問題：後四十回，植物為何從十幾種突然銳減為三、四種，減少了一半不止，如果是同一個作者，他的植物世界為何貧乏了起來？

這幾年更有青年一代用非常新穎的統計學方式切入，探討前八十回與後四十回的異同。

我在網站上讀到了一些電腦專業的青年學者，用「詞頻」的機械方式統計

靈芝，林黛玉本命花（《繡像紅樓夢》）

海棠，秦可卿本命花（《繡像紅樓夢》）

《紅樓夢》書中詞彙出現的頻率。「詞頻」不涉及文學，是書寫基礎最小單位的詞彙用字慣性。如同我們每個人說話都有慣性，像「而且」、「如果」、「所以」這種不涉及情節敘事的連接詞，一旦把百萬字龐大的《紅樓夢》輸入到電腦中，就會清楚看到詞彙文字的慣性。

我在網路上看到青年學者的電腦歸類統計圖表，真是有趣，前八十回的「詞頻」和後四十回的「詞頻」出現明顯的不同慣性。

這些青年學者多是電腦專業，他們也用同樣的「詞頻」方式整理《三國演義》和《水滸傳》。這個領域我個人不熟，初次接觸，不敢下太快的結論。很顯然，這些青年學者希望對張愛玲提出的後四十回「一個個人物都語言無味、面目可憎起來」做進一步客觀具體的論證。張愛玲的「敏感」是要有具體論證才更具說服力，也才可能是未來《紅樓夢》研究的新方向吧。

從植物切入，或從詞頻切入，使我們捐棄成見偏見，都可能是破解《紅樓夢》之謎的新方法。

尾聲

回到馮其庸的「說明」，一百零七回〈散餘資賈母明大義，復世職政老沐天恩〉，這是在賈府被抄家之後重要的轉折。這個在政治鬥爭裡陷入抄家悲劇的賈家有「復興」的可能嗎？

一百零七回，賈政受皇帝天恩眷顧，發還家產，恢復了祖先世襲爵祿，復興家業，這是原作者真正要寫的結局嗎？馮其庸在「說明」裡篤定否認，他說：「下面十多回（指一百零七回之後），既寫衰敗，又寫復興。而復興事愈來愈多，到最後兩回達到頂點，使賈家真正復興起來了，這是續書對曹雪芹創作思想的最大歪曲。」

馮其庸的結論太確定了，我讀起來也覺得突兀。他說的恰好是最後二十回的內容，主線是賈家從抄家到復興。

馮其庸的理解是：原作者並沒有要寫自己家族的復興，抄家後的「復興」是續書者的妄想。

富貴榮華將近百年的世族，一旦抄家，會是何等景況，我們已很難用今天的思維去判定。第一百零八回，抄家之後，賈赦獲罪流放，女兒迎春回家，本來要見父親，她的丈夫孫紹祖「攔著不許來，說是咱們家正是晦氣時候，不要沾染在身上」。

古代士族在政治鬥爭裡被抄家，實例很多，殘酷到難以想像，親人不能相顧，各自撇清，畫清界線，不惜夫妻反目，親子相殘，連近代政治鬥爭也一樣如此。這種殘酷的現實，《紅樓夢》的作者是經歷過的，何止孫紹祖無情，許多資料顯示，曹雪芹淪為街頭乞丐，混入更夫賤役，忍辱偷生，苟延殘喘，他在那樣的難堪中活下來，只是為了完成一部書，一部徹底幻滅也徹底絕望的書，他會對家族「復興」抱一點妄想嗎？

第一百一十回〈史太君壽終歸地府〉寫賈母八十三歲死亡，一百一十一回〈鴛鴦女殉主登太虛〉寫鴛鴦的殉主自殺，馮其庸的「說明」中又出現對續書者觀點的質疑：「賈府在鴛鴦死的問題上大做文章，一口咬定鴛鴦是『殉主』，這樣掩蓋了逼死鴛鴦的罪行。」

鴛鴦的故事我們很熟了，她是賈母身邊的得力丫頭，像女祕書，執行所有賈母的指令，也像特別看護，賈母何時添衣服，何時用膳食，都是鴛鴦打點關心。鴛鴦管理賈母所有物件，一絲不苟，條理分明，也從不徇私舞弊。

鴛鴦一心只是照顧賈母，從九歲到十六歲，從沒想自己的未來，她安分低調，但是還是逃不過悲劇命運。大老爺賈赦看上了她，想跟母親要來放在身邊做小老婆。鴛鴦堅決反抗，鉸了頭髮，發了重誓，要服侍賈母歸西，自己就出家或自盡。馮其庸是從這樣的邏輯推出鴛鴦之死其實是無路可走。賈赦惱羞成怒，要一個小丫頭要不到手，說了重話，要鴛鴦明白，賈母一死，失了保護，必然還是逃不過老爺魔掌手心。鴛鴦的死是一種抗告控訴，無可奈何。

鴛鴦一心要死，找不到方法，後來是秦可卿鬼魂出現，拿了一根白綾，鴛鴦得到指示，才選擇了上吊。事件落實，但少了鴛鴦內在世界做完一生大事的浩嘆。鴛鴦的死亡其實不在一百一十一回，第四十六回時，賈赦放話要鴛鴦來做妾，那個當下，鴛鴦只有兩條路，一是遵從，二是死亡。鴛鴦

賈母（《紅樓夢圖詠》）

鴛鴦（《紅樓夢圖詠》）

活下來，把賈母的餘生照顧好，如同作者在抄家後寫一本書，他們是在死亡前修行，必然不只是找死的方法如此簡單吧。

因此讀《紅樓夢》最後的結尾，不斷回到前八十回做印證，不輕信別人的結論，可能是最好的評比方式。

第一百一十回賈母死亡，是大小說進入尾聲了，「樹倒猢猻散」，我們讀著小說，滿眼繁華，人物一個一個出場，花團錦簇，常常會忘了繁華裡那一棵屹立不搖的大樹，枝繁葉茂，家族百年的富貴榮華，是因為有一位像賈母這樣的家長。

賈母其實極精明，她在賈家六十年，從孫媳婦做起，她是真正管家的人。她懂得管理，小說裡所有出色的丫頭幾乎都經由她調教。她精明幹練，但是小說一開始，她已經像退休的董事長，諸事不管，都交給孫媳婦王熙鳳打理家務。賈母每天只跟孫子輩玩笑吃喝、看戲閒聊，但作者不時透露老太太的精明，例如第四十回，劉姥姥來了，賈母帶著劉姥姥逛大觀園，看到瀟湘館窗紗顏色不對，隨口就說起庫房裡放了四十年的「軟煙羅」，「軟煙羅」的出處，四種色彩，她都清清楚楚，一種銀紅的叫「霞影紗」，她說用來糊窗紗，襯著外面綠色的竹子，顏色對比才好看。

這是賈母管理的細膩，四十年記憶如此清晰，但要給目前的管理者王熙鳳留餘地，因此賈母說得委婉，給王熙鳳留做事的空間，也透露了她傑出的美學品味。分配昂貴稀罕的「軟煙羅」給眾人，賈母最後不忘叮囑留兩疋給劉姥姥，鄉下來的貧窮婆子，賈母也不會忘了要照顧到。

這是賈家富貴百年的祕密，管理者精明而不刻薄，真正是一棵大樹。大家看到的是樹上面的光鮮亮麗、枝繁葉茂，看不見泥土下面深根廣遠的基礎。賈母正是那棵大樹的根本，她在，眾人便安心，可以安享榮華。賈母逝去，家族繁華便失了依恃，樹倒，當然猢猻都散。作者在小說一開始的讖語，說賈母的大樹傾倒，自然家族榮華一夕煙消雲散，所謂續書裡努力經營的「家族復興」，恐怕也的確不是原作者的初衷吧。

賈母走後，鴛鴦自盡，接下來就是王熙鳳的死亡。「力詘失人心」，王熙鳳有賈母的精明，卻少了賈母的寬厚，賈母都看在眼裡，但她沒有選擇，她的兩個兒媳婦王夫人、邢夫人，都既無能又心胸狹窄，賈母只有把管家重任交到王熙鳳手上，但她清楚知道這樣苛酷的管家方式，傷了家族，也傷了管理者自己。

賈母常常要施濟貧窮，她也常虔誠祈禱，第二十九回，賈母看戲，在神前卜出戲碼，從《漢高祖斬蛇起義》到郭子儀家族榮華盛極的《滿床笏》，再卜出繁華匆匆逝去的《南柯夢》，賈母彷彿一切了然於胸，卻始終沉默不語，她看到天意，人力不及挽回。賈母嘻嘻哈哈，但本質上總是荒涼。她帶著兒孫賞月，在桂花叢裡品笛聆樂，她看到繁華背後的荒寂，默默流下眼淚。她最疼寶玉、黛玉，因為寶玉、黛玉和她，一起都看到了繁華盡頭白茫茫一片真乾淨的大地。

第一百一十二回妙玉的遭劫，第一百一十三回趙姨娘的死亡，都有些突兀。

再讀一次妙玉遭劫一段的文字：「那個人把刀插在背後，騰出手來，將妙玉輕輕的抱起，輕薄了一會子，便拖起背在身上。此時妙玉心中只是

妙玉（《紅樓夢圖詠》）

如醉如癡，可憐一個極清淨女兒，被這強盜的悶香薰住，由著他捉弄了去了。」

我在《微塵眾》書裡對後四十回妙玉的描寫有很多討論，傳統世俗社會有對「尼姑思凡」的長期妄念心理。男性在「尼姑思凡」的想像裡像看A片一樣滿足著淫慾吧。「欲潔何曾潔，云空未必空」，妙玉的判詞卻毫無一點輕薄，也是作者最大的悲憫處。我們每一個人其實都是「欲潔何曾潔」，我們每一個人也一樣「云空未必空」，那麼，哪裡敢在妙玉的劫難裡有一點嘲笑輕薄？

其後是趙姨娘的死亡，趙姨娘和馬道婆勾結，用法術陷害過王熙鳳和賈寶玉，此時發病，口中惡魘，是馬道婆鬼魂前來勾索了。

趙姨娘在前八十回無論如何難堪鄙瑣，總讓人看到她的無知愚昧，無知愚昧到令人不忍，她是佛經裡說的「無明」，她自然無法反省自己的「愚昧」，那無明的悲苦使她身陷在萬劫不復的煉獄，折磨自己，也折磨親人。但是看到她像是被厲鬼催逼，還是不忍，不知應該如何改寫趙姨娘的死亡。

趙姨娘可厭可惡，可笑可恨，但我總在她身上看到《紅樓夢》的悲憫，眾生間有多少趙姨娘，我們若一一恨去，其實也就很近似趙姨娘了。

讀一百一十三回，總覺得想改寫趙姨娘的死亡。

是的，改寫，人人心中都有《紅樓夢》的結局，黛玉如何死？馬道婆如何死？賈府如何抄家？賈母如何死？鴛鴦如何死？王熙鳳如何死？迎春如何死？妙玉如何遭劫？惜春如何出家？第一百一十三回，巧姐兒如何躲過劫難被劉姥姥救到鄉下？

也許回到小說開始的判詞，每個人的結局都已經寫得清清楚楚了。按照第五回的判詞，是可以續寫《紅樓夢》的，但是，有趣的是「詞頻」不同，植物少了一半，雖然結局事件相同，像塑膠花替代了鮮花，氣味不見了，文學的氛圍自然出現變化。

第一百一十四回之後，作者努力要在最後讓繁華重現，甄應嘉「蒙恩還玉闕」，「甄」家一直是「賈」家的暗示，「甄」家先抄家，接著就是賈家抄家，此時「甄」家蒙皇恩復職，也當然預告「賈」家復興。《紅樓夢》最後十回總讓人覺得邏輯太規矩，速度太快，少了小說撲朔迷離的趣味。

第一百一十五回，甄（真）賈（假）寶玉的見面，這一段應該是結尾重要的一個情節。「雲門舞集」林懷民編舞，舞台上有兩個寶玉，這是抓住了《紅樓夢》神髓。書中一直有兩個寶玉，同樣年齡，同樣長相，同樣性情，他們卻始終沒有見面。

我們總覺得世界上有另一個自己，跟自己如此相像，又始終無法見面。那個自己，有時近，有時遠，撲朔迷離，若有似無。

甄寶玉和賈寶玉在第五十六回見過面，是在夢中相見。賈寶玉睡在榻上，看著鏡子裡的自己，矇矓睡去，神魂出竅，去了南方甄家，見到甄寶玉，見到夢裡的自己。那一次相見如此迷離，使人看到一百一十五回「甄」、「賈」相見，反而悵然若失。

我們跟另一個自己要如何相見？我們跟另一個自己如何說最深的心事？

我們跟另一個自己渴望相見，卻又覺得還是莫如不見？

我們都有尋找另一個自己的渴望，也同時又有恐懼。

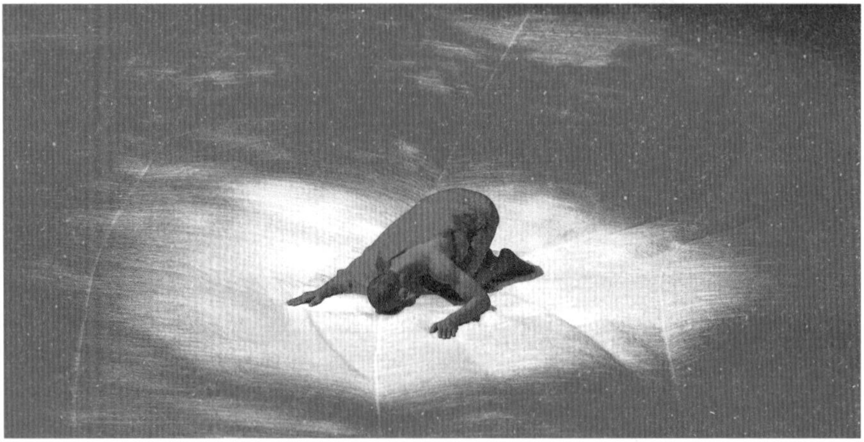

上｜真假寶玉，舞者（左起）董述帆、王維銘、鄧桂複(劉振祥攝影，雲門舞集提供)

下｜舞者鄧桂複（劉振祥攝影，雲門舞集提供)

第一百一十五回，甄寶玉出現了，不是在鏡子裡，不是在夢中，是在現實世界，這樣的出現，讓我大吃一驚。連賈寶玉也悵然了，甄寶玉像一個勵志的老師，講經世濟民大道理，他如此正經八百，以完全世俗的角色出現，和「頑劣」、「感傷」、「頹廢」、「虛幻」的賈寶玉如此不同，甄寶玉向賈寶玉開示，勸導他如何改過自新，走向人生正途。

讀到這一段，忽然覺得「真」如此恐怖，常常泫然欲泣，想永遠躲在「假」的世界裡，如果「真相」如此，很疑惑究竟要不要跟另一個自己相見。

《紅樓夢》的尾聲有很多干擾，包勇寫得粗糙，何三也早有張愛玲批判過。小人物寫得粗糙，很難讓人滿足，跟前八十回大相逕庭。

第一百一十八回，賴尚榮也變成一個唯利是圖的小人，他是賈家世襲奴僕出身，祖母賴嬤嬤是老管家，父親賴大成為重要的大管家，賴尚榮因此從小蒙恩，去除了賣身契，可以讀書做官。賴尚榮在小說前八十回，是柳湘蓮的好朋友，跟賈寶玉、秦鐘也有深交，一百一十八回為了賈政跟他借銀子，露出小人嘴臉，我還是大吃一驚。

尾聲裡賣巧姐兒的事件牽扯出賈薔、賈芸，都讓我有點為他們悵憾，前八十回寫賈薔與齡官的愛，寫賈芸和小紅的愛，都讓人懷念，他們如何一一「面目可憎」了起來。

第一百一十九回寶玉中了鄉魁，沐皇恩，連賈珍這樣敗家的根本，最惡質的人物，也得到皇恩赦免，重新復職襲爵，續書者為了「復興」不遺餘力。在一百一十八回、一百一十九回，馮其庸的「說明」中都有嚴厲批判，不再贅述，我只是覺得批判可能太過，人人心中有一本《紅樓夢》，結尾應該也各自可以改寫。改寫，自然就有好有壞，文學上的事，還是雲淡風輕的好。

讀到最後一回，心裡會有一種荒涼沉靜，賈政扶賈母靈柩回金陵，不只賈母靈柩，還尾隨著王熙鳳、秦可卿、鴛鴦的棺木，賈蓉也另送林黛玉棺木回蘇州。一個送葬的隊伍，卻收到家書，說寶玉、賈蘭中了科舉，獲罪的賈赦也復職了。

在回家路上，悲欣交集，「行到毘陵驛地方，那天乍寒，下雪，泊在一個清淨去處」，賈政在船上寫家書，寫到寶玉，抬頭忽見遠遠雪地裡一個人，光頭，赤腳，披著一領大紅猩猩氈斗篷。這人在雪地裡向賈政倒身下拜，賈政看不清楚，急忙出船，那人拜了四拜，賈政要還揖，好像是寶玉，大吃一驚，問道：「可是寶玉？」

寶玉已經被一僧一道夾住，說：「俗緣已畢，還不快走。」

這是尾聲的好文字，也是好畫面。有一天我們都要倒身下拜，拜一拜俗世緣分，拜一拜俗緣裡要告別的人，就可以了無牽掛，就可以走了。

一僧一道，把一塊頑石帶到人間，「俗緣已畢」，這一塊頑石也要回到青埂峰下，嗔愛多事，天荒地老，他其實也只是回到原來的自己。

雲淡風輕

談東方美學

作者 蔣勳
校對 謝恩仁
整體設計 吳佳璘
責任編輯 林煜幃
董事長 林明燕
副董事長 林良珀
藝術總監 黃寶萍
執行顧問 謝恩仁
社長 許悔之
總編輯 林煜幃
副總經理 李曙辛
主編 施彥如
美術編輯 吳佳璘
企劃編輯 魏于婷
特別感謝 谷公館畫廊
谷公館 MICHAEL KU GALLERY

策略顧問 黃惠美・郭旭原・郭思敏・郭孟君
顧問 施昇輝・林子敬・詹德茂・謝恩仁・林志隆
法律顧問 國際通商法律事務所／邵瓊慧律師
出版 有鹿文化事業有限公司
地址 台北市大安區濟南路三段二十八號七樓
電話 02-2772-7788
傳真 02-2711-2333
網址 www.uniqueroute.com
電子信箱 service@uniqueroute.com
製版印刷 鴻霖印刷傳媒股份有限公司
總經銷 紅螞蟻圖書有限公司
地址 台北市內湖區舊宗路二段一二一巷十九號
電話 02-2795-3656
傳真 02-2795-4100
網址 www.e-redant.com

ISBN：9789869677615
初版：二〇一八年十月
初版第四次印行：二〇一九年三月一日
定價：四五〇元

國家圖書館出版品預行編目(CIP)資料
雲淡風輕：談東方美學／蔣勳著
— 初版 — 臺北市：有鹿文化，2018.10
面；公分 — 看世界的方法；142
ISBN 978-986-96776-1-5(平裝)
855 107016321